世界文學藏 10

慧馬國遊記

A VOYAGE TO HOUYNHNMS

作者／強納森・斯威夫特

繪者／湯姆士・摩頓

譯者／史偉志

J: Swift.

國家圖書館出版品預行編目資料

格列佛遊記 4：慧馬國遊記 / 強納森•斯威夫特 (Jonathan Swift) 文 ; 湯瑪士•摩頓圖 ; 史偉志譯 . -- 新北市 : 韋伯文化國際 , 2021.06
面 ; 公分 . -- (世界文學藏 ; 10)
譯自 : A Voyage to Houynhnms
ISBN 978-986-427-397-3 (平裝)

873.596 109018860

A Voyage to Houynhnms
by Jonathan Swift

格列佛遊記 4：慧馬國遊記 世界文學藏 10

作　　者	強納森・斯威夫特
繪　　者	湯瑪士・摩頓
譯　　者	史偉志
發 行 人	陳坤森
責任編輯	李律儀、呂佳機 等
美術編輯	李季芙
出 版 者	韋伯文化國際出版有限公司
地　　址	新北市永和區永和路二段 285 號 6 樓
電　　話	(02)22324332
傳　　真	(02)29242812
網　　址	www.weber.com.tw
臉書專頁	www.facebook.com/estersbook
電子信箱	weber98@ms45.hinet.net
出版日期	2021 年 6 月
I S B N	978-986-427-397-3
定　　價	220 元

目錄
CONTENT

慧馬國遊記地圖

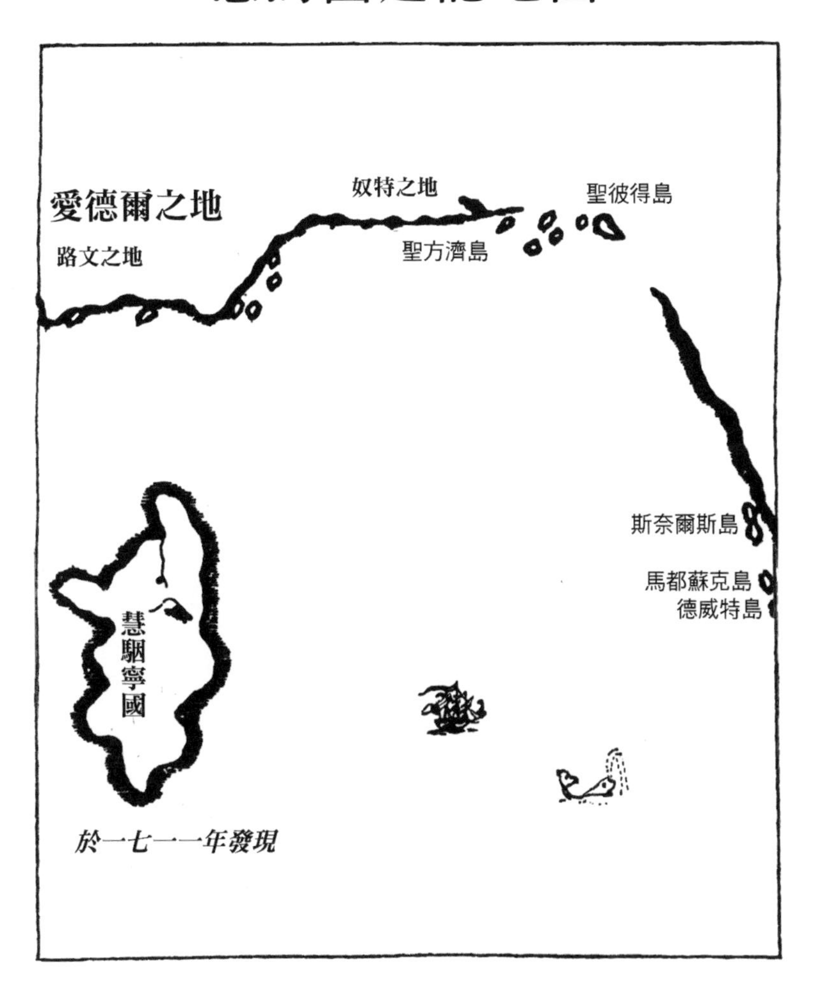

【格列佛遊記】（第四冊）

慧馬國遊記[1]

註解

[1] 在前三冊的遊記中，作者斯威夫特已經諷刺過個人、政府機關、科學家、國王、宮廷、大臣與政客，現在我們將改以更加全面的方式抨擊上述之人，抨擊所有人性上的弱點。更甚者，人類喜愛沉溺於令人厭惡與自貶身價的事物；因為其幾乎毫無益處，因此更不具正當性。如果我們常不禁要欣賞斯威夫特這種不務正業的才華與能力，就會對他出賣才能感到惋惜。

不論出於何種理由，或是為了支持《慧馬國遊記》，華特・史考特閣下以其身為提倡者所具備的一切巧思，以及其良善天性中的所有慈悲心，來進一步說明：「對人類天性如此厭惡的原因，只有可能是基於對不公不義的震怒。而斯威夫特在他的墓誌銘中，即說明他長久以來都受到這股憤怒的折磨。斯威夫特認為世間的人類分為無足輕重的暴君，以及受到壓迫的奴隸，自己則是自由與獨立的崇拜者。然而他每天都看到這樣的價值遭到踐踏，內心充滿無法壓抑的強烈負面情感，促使他憎恨那些犯下如此罪惡與深陷其中的人類。我們還須額外說明，他的健康狀況已經惡化，也因為惡疾不斷復發而身心俱疲。他在人際社會的安慰也隨著摯愛之死而遭摧殘，另一名珍愛之人的死則導致他日漸衰弱，這時的他已是風中殘燭。斯威夫特在懷抱過許多野心勃勃的願景後，餘生都在譴責討厭這個令他厭惡、將他所樹立的希望摧殘殆盡，又背棄他情誼的國家。這些思想結合後，造就他對多數事物的憤世嫉俗，不過這種想法也未使他放棄任何善意之舉。斯威夫特以犽虎族令人厭惡的形象，向讀者呈現出道德意涵。

斯威夫特從未打算以犽虎族來呈現人類具備信仰、人性光輝，並鼓勵人類向善，而是用於貶低人性，呈現人類過於恣意妄為，順從動物的本能。斯威特在社會中的任何族群都能找到受無知與罪惡的荼毒，而如此沉淪的人。這樣看來，犽虎的形象愈令人厭惡與噁心，愈能夠呈現出蘊含的道德觀念，而斯威夫特所呈現出犽虎的可憎與人類的荒淫、暴虐無道、貪得無厭成正比。」

斯威夫特對人性的批判十分嚴厲，要讓他人同意這段論述根本不可能，想為斯威夫特辯解其對人性的批判也難如登天。只能說我們絕對不能省略斯威夫特的第四趟航行，其促使我們如此呈現並面對這樣的議題，使其能像之前的幾部遊記一樣適合大眾閱讀。

第一章
流落慧馬國

〔格列佛擔任船長出海；格列佛的手下密謀變節，將格列佛長時間監禁於船長室，再送至無名之地；格列佛在此地往內陸旅行；格列佛在描述「犽虎」這奇妙生物，也遇上兩匹「慧駰寧」。〕

我與妻子、兒女共享天倫之樂五個月左右，但我身在福中不知福離開了懷孕的可憐妻子，接受優渥的待遇，擔任「冒險家號」的船長，管理這艘三百五十噸重的牢固商船。我熟悉航海，但厭倦擔

任船醫的工作（雖然偶爾仍會擔任），於是我還是招募一名技術純熟的年輕醫生羅伯特·普爾佛伊擔任船醫。一七一〇年九月七日，我們從普茲茅斯啟航，十四日在特里內費島遇到來自布里斯托的波科克船長，他正要前往坎佩切灣砍伐墨水樹。十六日，一場暴風雨使我們分散。我回來後才聽聞，他那艘船上除了一名在船艙中打雜的船員之外，無一倖免於難。波克特船長為人誠懇正直，是位優秀的航海家，不過有些過於剛愎自用，因此導致其葬身大海。如果當時他有聽我勸告，也許這時候他也能和我一樣在家中安享天倫之樂。

我船上有幾名水手染上熱病而死，所以我不得不遵循雇主的指示，從巴貝多和背風群島招募新水手。然而不久後，我便懊悔不已，因為我後來發現這些新招募來的水手大部份都當過海盜。我的船上一共有五十名水手，雇主命令我到南海與印地安人做生意，並盡可能發掘新事物。我剛剛招募而來的惡徒慫恿其他船員，串通起來奪下這艘船，將我囚禁起來[1]。他們在某天早上開始行動，衝進船長室，將我五花大綁，並威脅我若是膽敢動一根指頭，就把我丟進海裡餵鯊魚。我告訴他們，我已是階下囚，要殺要剮隨便他們。他們要我發誓服從，之後為我鬆綁，只用條鎖鏈將我的一條腿綁在床邊，並派遣一名子彈上膛的護衛看守，若我企圖逃跑，就直接開槍射殺。他們將飲料與食物送下來給我，並開始自己掌管船上的一切事務。他們原先打算當海盜，劫掠西班牙人，但目前人力不足，暫時無法達成。因此他們決定先出售船上的貨物，然後前往馬達加斯加[2]招募新血，在我被囚禁後，他們有幾名同伴過世。他們航行數星期，與印地安人做生意。不過我一直被囚禁於船長室，受到嚴密的看管，且飽受威脅，整天提心吊膽，擔心隨時可能遭到殺害，因此無從得知他們所走的航線。

一七一一年五月九日，一個名叫詹姆斯・威爾奇的人進入船長室，說他奉船長之命放我上岸。我向他抗議，卻是徒勞無功，而他連新船長是誰都不願意讓我知道。他們逼我坐上大艇，讓我穿上最好的衣服（像新的一樣），還讓我帶一小捆痲布，但除了腰上的佩刀外，什麼武器都不准許我攜帶。他們還算明理，沒有搜我口袋，讓我帶上口袋裡所有的錢與一些其他小必需品。他們大約划了一里格，之後把我丟到一片淺灘上。我請他們告訴我這是什麼國家，但他們全都發誓他們和我一樣對這裡一無所知，只說船長（他們這麼稱呼他）決定在船上貨物賣光後，一發現陸地就將我丟下。他們勸我加緊動作，免得被潮水淹沒後將船駛離，與我道別。

在這種淒涼的情景下，我向前行走，不久就踏上硬實的地面，之後坐在岸邊休息，思考著該怎麼做對自己最好。待體力稍稍恢復後，我便開始深入這個國度，只要一遇上蠻人就束手就擒，以一些手鐲、琉璃戒指與其他小飾品來換取活命機會。身為一名水手，在海上航行，身上經常需要戴上這些珠寶首飾，而我也不例外。這片土地被好幾長排的樹木隔開。樹木是自然生長而成，長得不是很整齊，附近還有幾片燕麥田。我小心翼翼地行走著，害怕遭遇突襲，或者被突然從身後或兩旁而來的飛箭所傷。

我踏上一條道路，可以看到上面有不少人類的腳印，還有一些牛蹄印，不過大多數是馬蹄印。最終我在這片田野中發現幾隻動物，樹上還坐了一、兩隻同類。牠們的外觀十分詭異、畸形，讓我感覺到有點惶惶不安，因此我趴在一處灌木叢後，想更清楚地觀察他們。其中有幾隻朝我趴著的地方接近，讓我有機會好好端詳牠們的樣子。牠們的頭部與胸膛覆蓋著濃密的毛髮，一部分是捲毛，一部分是直毛，牠們長著山羊鬍，一排長髮從脊背一路長到腳邊，不過其他身體部位都光溜溜的，因此我得以看見牠們身上淺棕色皮膚。牠們沒有長尾巴，臀部除了肛門周圍以外沒長任何的毛，我推測那是造物者的安排，使牠們坐在地上時得以獲得保護。牠們除了這種坐姿外，有時也會躺臥，也時常用後腳站立。牠們的前後腳都長著強而有力的爪子，爪子前端尖銳且彎曲，使牠們爬樹時和松鼠一樣敏捷。牠們時常活蹦亂跳，身手十分敏捷。母的體型沒有公的那麼大，頭上長著又長又直的毛髮，除了肛門和陰部的周圍，臉部與其他身體部位都只長某種寒毛。牠們的乳房垂在兩條前腿中間，走路時常常快垂到地面上。無論公母，毛髮皆由褐色、紅色、黑色、黃色等幾種不同的顏色組成。總之，在我這麼多次的旅行中，還是第一次見到讓我覺得如此反感的動物。我心想已經看得夠多了，對他們只有滿滿的藐視以及厭惡，於是起身繼續上路，希望能沿著這條道路找到印地安人的房舍。

沒走多遠就遇上一隻那種生物擋住前路，並直直朝我前來。那醜八怪一看到我，臉上的表情不斷扭曲，雙眼緊盯著我，彷彿看到從未見過的東西。接著牠朝我靠近，舉起前爪，不知道是出於好奇或是惡意。於是我拔出佩刀，用刀背給牠一擊，因為我不敢用刀刃去砍牠，害怕砍傷牲口會惹火當地居民。那畜生挨了一擊後，感受到劇烈疼痛，趕緊向後退，發出怒吼聲，引來附近田野中的猛獸。這時有至少四十隻野獸，將我團團包圍，對著我一邊咆哮，一邊露出猙獰的臉。我跑向一旁的樹木，並椅著樹揮舞刀刃，使牠們無法接近。不過有幾隻十分可惡的野獸抓著後方的樹枝，爬到樹上，開始在我頭上拉屎。我緊靠著樹幹，儘管躲避得很好，仍是被掉落在我四周的穢物悶到快窒息。

在這危急時刻，卻看到這些畜生突然一哄而散，竭力拔腿狂奔，於是我冒險離開那棵樹木，繼續上路，心中思索著到底是什麼東西讓牠們如此恐懼？我朝著左手邊一看，見到一匹馬在田野中漫步而行；原來先前攻擊我的那些野獸就是被牠嚇得落荒而逃的。當這匹馬靠近我身邊時，稍稍吃了點驚，不過很快就鎮定下來，緊盯著我的臉，並露出訝異的神情。接著牠觀察我的四肢，在我身邊繞了幾圈。我原本想繼續前進，卻被牠硬生生地擋在前面。牠以非常溫和的眼神看著我，絲毫沒打算動粗。我們就這樣站在原地，四目相對好一陣子，最後我壯起膽子，朝著牠的脖子伸手，想要撫摸牠，並吹口哨。騎師遇上不熟悉的馬時常常用這方法來接近對方。可是這隻動物似乎很厭惡我這種行為，搖搖頭，皺起眉頭，輕輕地抬起右前蹄推開我的手，接著嘶叫三、四聲，不過韻律有所不同，讓我幾乎覺得牠在用自己的語言自言自語。

在我們僵持不下之時，另一匹馬走了過來，以正式的禮節接近第一匹馬，輕觸碰彼此的前蹄，之後以不同的音調，輪流鳴叫幾聲，彷彿在說話。牠們走了幾步，看起來就像是在一起討論甚麼事情似的，接著併肩來回走動，就像人們在商討什麼至關重要的大事一樣，不過牠們不時轉頭盯著我看，彷彿在監視我，不讓我脫逃。看到野獸居然也能有如此的行為舉止，我感到驚訝萬分，

這隻動物似乎很厭惡我這種行為

暗自在心思索，這個國家連馬都如此理性，那這裡的居民肯定是世上最睿智的人了。這個念頭讓我倍感寬慰，因此決定繼續前進，直到發現房屋、村莊，或者遇上當地的居民，並丟下那兩匹馬，讓牠們討論個夠。這時長灰色斑紋的第一匹馬看見我想偷偷溜走，隨即對我背後長聲嘶吼，好像想表達什麼一樣，讓我認為自己能聽懂牠在講什麼，立刻轉回去，等待牠進一步的指令。我盡可能地掩飾自己內心的惶恐與不安，開始思索這次冒險會以何種方式收場。讀者也不難相信，我不太喜歡當下的處境。

　　這兩匹馬走到我的身旁，正經八百地盯著我的臉與雙手。灰色的那匹駿馬用右前蹄順著我的帽沿摸一圈，把它弄得亂七八糟，害我必須脫下來，整理一番後才能再戴回去。灰色駿馬和牠的同伴棗紅色駿馬見此似乎感到詫異不已。棗紅色駿馬摸了我大衣的垂布，發現它鬆垮垮地垂在我身上，便感到更加驚奇。牠以前蹄碰了碰我的右手，對手上的柔軟與色澤十分訝異。接著用腳蹄與球節用力地抓住我的手，害我痛得放聲大叫。接著，牠們兩個用盡各種方式，溫柔地撫摸我。牠們對我的鞋子與襪子感到十分困惑，不斷去觸摸，然後互相嘶鳴，並擺出各種姿勢，像是想要解決某項艱難的新現象一樣，跟哲學家的姿態無異[3]。

總而言之，這兩匹動物的舉止條理分明、理性、非常敏銳與睿智，最後我判定「他」們一定是魔法師，出於某種想法而幻化成馬，路上看到有陌生人時，就決定惡整他來取悅自己；或者是見到有人的衣著打扮、五官面貌與這地方的居民都大相逕庭，因此感到非常訝異。這麼推論很有道理，於是我大膽向他們如此說道：「紳士們，想必您們一定是魔法師，我有充足理由相信，您們能理解我的語言，因此斗膽告知閣下們，我是個走投無路、傷心欲絕的英國人，命運乖舛，流落到貴國的海岸。我請求您們讓我騎上去，就像真正的馬匹一樣，將

「紳士們，我有充足理由相信，您們能理解我的語言。」

我帶至某間房舍或者某座村落，讓我能脫離險境，我願意送你們這把短刀以及手鐲當作回禮。」我一邊說話，一邊從口袋取出這些東西。當我說話時，這兩隻動物靜靜地站著，似乎非常用心地聆聽。當我講完後，他們彼此嘶鳴一番，彷彿在嚴肅地交換意見。我能清楚觀察到，他們的語言能夠好好表達出情感，而他們的文字，不用花太多力氣就能轉換成字母，遠比中文簡單。

從他們的談話當中，我聽見他們經常提及「犽虎」[4]這個詞彙，雖然猜不出是什麼意思。而在這兩匹馬忙著講話時，我開始用舌頭練習這個詞彙，當他們的交談停下時，我便大膽地大喊「犽虎」這兩個字，並盡可能地模仿馬鳴聲。這兩匹馬聽見後，顯然大吃一驚，灰色駿馬重複這個詞彙兩次，像是要教我正確發音，我盡力模仿他，每次都覺得自己有所進步，儘管離完美仍然天差地遠。在這之後棗紅色駿馬用第二個字詞試探我，但是這個詞彙的發音難度提升不少，而轉換成英文後，可以拼成「Houyhnhnm」（慧駰寧）。我試著發聲，然而表現不如前一個來的成功。練習過兩、三次後，就有所改善，兩匹馬對我的學習能力深感訝異。

兩匹馬又交談了一番，我猜對話內容或許與我有關，而後以相同的動作拍拍彼此的蹄作為道別。灰色駿馬作勢要我走在他前面，我想在找到更好的嚮導之前，還是先順著他的意比較好。只要我一放慢腳步，他就會發出「混、混」的聲音。我猜得到他的意思，於是盡可能讓他知曉，我目前疲憊不堪，無法走得更快，因此他便駐留一下讓我休息片刻。

註解

1 原文中的海盜用的字為"buccaneers"，是有史以來最特殊的海盜組織，到了十八世紀初時就已經徹底破滅，但殘存成員分散到世界各地，因此斯威夫特能自然而然地安排這些人加入格列佛的船員。原先這個名稱是指法國率先進駐聖多明哥的移民，他們狩獵動物，取下毛皮，靠著食用這些肉與魚肉維生。他們會將肉類曬乾並且煙燻。這個詞彙之後用於這些著名的海盜冒險家，主要是指英國與法國海盜，他們會聯手搶劫美洲的西班牙人。他們最後一次的豐功偉業為一六九七年時，在波帝斯 (Pointis) 的指揮，一千兩百名海盜搭乘七艘船，奪下哥倫比亞迦太基，獲得一百七十五萬英鎊的戰利品。然而他們缺乏紀律，目無法紀，沒有任何隸屬關係，甚至沒有任何其他收入，因此成了當代最令人驚懼的存在，不論生前死後，都是人們心目中的傳奇。

2 馬達加斯加島是這些海盜的主要據點。在某段時期，這幫海盜中所有首領都在島上設有據點。

3 我們首次見到犽虎與慧駰寧時，便讀到作者奇特又不合理的安排。他在此處貶低人性，與野獸相提並論，甚至讓野獸的地位勝過人類。我們已經見過斯威夫特尖酸又憤世嫉俗的心，也曾向波普表示這份想法。他是想要惹怒世人而不是取悅他們。斯威夫特對犽虎的描述讓我們大為震撼，對慧駰寧的描述則是刺激我們思考另一種可能性。以駭人的嘲弄大加諷刺人性，本會冒犯他人，儘管如此，斯威夫特呈現具備理性的野獸超越希臘、羅馬的古寓言，向讀者呈現出由一個馬匹組成的國度。這些馬不只具有理性(作者可以承認這項假設只是寓言)，還住在他們造不出的房屋內、食用他們無法播種或收割的穀物、養他們無法擠奶的牛，將牛奶儲存在他們做不出的容器...... 等。總之，就是作出理性與社群生活的各式各樣行為舉止，但牠們身體結構卻做不出這些動作。

4 這是本冊第一次出現像「小人國」一樣，日後名聞遐邇的名稱，其被廣泛應用在文學作品裡，取得歷久不衰的一席之地；在我們現代字典中也找得到這個詞彙，代表生性敗壞、殘暴之人。

這個名稱與特性似乎打從一開始就吸引今日學者的目光，特別是斯威夫特黨派的成員。他們和他同樣受到同僚的虧待，無權過問當權者對政策的安排。即使早在一七二六年七月，柏林伯克得知格列佛隱藏的含意，從道雷 (Dawley) 農場寫信給斯威夫特、波普與蓋，稱呼他們為「特威克納姆(Twickenham)的三位猳虎——強納森、亞歷山大與約翰」。

在霍華夫人以假名瑪莉·托夫特(Mary Toft)寫給斯威夫特的信中，稱呼自己為席福·猳虎(Sieve Yahoo)。蓋寫道：「當您以慧駰寧的方式，將柏先生視作猳虎時，恐怕就已經認定他有罪。」作者自己發明的詞語，像是『猳虎』、『唐吉訶德式』與『烏托邦式』被納入他的語言中，有力地證明了作者成功贏得大眾的心。

第二章
慧駰寧生活

〔慧駰寧帶格列佛回家；本章描述那棟宅邸、格列佛接受的款待以及慧駰寧的飲食；格列佛為終日無肉可食所苦，所幸最終得以解決；最後描述格列佛於該國的飲食方式。〕

我們走了約三英里的路，抵達一座長形建築，由木材編築而成，穩穩立於地面上。屋頂低矮，上面覆蓋稻草。我開始稍微放心，取出一些玩意。旅行家們時常攜帶一些玩意，作為禮物送給美洲等地的印第安原住民，希望屋中之人收到禮物後會好好地款待我。灰色駿馬示意要我先進入屋內。這是一個大房間，地面是平順的泥土，其中一側有飼料槽，與房間等長。房裡有三匹小馬、兩匹母馬，他們沒有在進食，有些以屁股席地而坐，讓我感到神奇。更令我訝異的是，居然有其他馬匹在進行家務，牠明明看上去就只是普通的家畜。不過，這也證實我最初的想法，能把野獸馴化成這樣的人，智力絕對超越世上所有國家。灰色駿馬隨後跟了進來，如此一來，就可以避免我受到其他馬匹的敵視。他威嚴地對他們嘶鳴幾聲，對方也有所回應。

除了這個房間以外，這棟房屋的盡頭處還有另外三間房，它們彼此相連，可從對應的三道門進入，就像是狹長的走道。我們穿越第二個房間走向第三個房間。灰色駿馬先進去，示意我在第二個房間等候。等待期間我順便準備好要送給屋主夫婦的禮物：兩把小刀，三個仿珍珠手鐲，一小面鏡子和一條珠子項鏈。灰馬嘶鳴了三、四聲後，我等候人聲的回應，卻只聽到同樣的馬鳴聲，其中一、兩聲比灰馬的聲音更加尖銳，之後沒有其他回應。我心裡想著，這間房子一定屬於本地的達官顯要，因此獲得召見前須經過許多繁文縟節，然而，我不太能理解的是這麼位高權重之人卻是由馬來服侍。我害怕接踵而來的災禍與不幸使我神智不清，因此我站起身，環視只剩我一人的房間。這個房間的家俱擺設與第一間相同，只不過更加地講究。我揉了揉眼睛，眼前所見仍是相同的東西。我捏了自己的手臂與兩側，想讓自己徹底清醒，希望這只是一場夢。之後我果斷地判定：眼前這一切的形體，通通都是妖術、魔法。不過我沒時間深入探究，此時灰馬已經來到門口，示意我隨著他進入第三個房間。進入第三個房間後，我看見一匹漂亮的母馬正陪同一匹小公馬和一匹小母馬趴坐在草蓆上，草蓆編織方式不錯，看來是非常整潔。

進入房間不久後，母馬從草蓆上站起身來，走到我

我看見一匹漂亮的母馬，正陪同一匹小公馬和一匹小母馬

眼前，詳細地打量著我的雙手與臉孔後，對我露出最為鄙視的神情，接著轉向灰馬，我聽到「犽虎」一詞從他們口中反覆出現。儘管那是我第一個學會說的詞彙，當時仍不清楚它的意思。不久後，隨著閱歷的增加，這個詞彙成為我無法抹滅的恥辱。灰馬用頭呼喚我，並重複了路上時所發出的「混、混」聲，我知道那是要我跟著他走。他帶我離開房間，來到一處類似院子的地方，那裡有棟建築物，與這間房舍有一小段距離。我們進入後，看到登陸後遇上的可恨動物，而且還有三隻。牠們正在那裡享用樹根和獸肉，我後來才發現那是驢肉與狗肉，偶爾也會有意外死亡或病死的牛所提供的牛肉。牠們脖子上都有強韌的枝條捆住，綁在橫樑上。牠們用兩隻前爪抓取食物，再以牙齒撕裂。

馬主人吩咐身為僕人的一匹栗色小馬解開房間中最大的那隻動物，帶入圍欄，並將那隻野獸帶來我身旁，讓主僕兩匹馬詳細比較我們的樣貌。然後重複「犽虎」

主僕兩匹馬詳細比較我們的樣貌

好幾次。我發現這頭可恨的動物，其面貌與人類別無二致[1]，我心中的驚恐遲遲無法平復，啞口無言地楞在那裡。牠的臉非常扁平、寬大，鼻子塌陷，雙唇豐厚，嘴巴寬大。然而這種差異在所有的野蠻國度中也都能見到，蠻族總讓幼兒臉貼地的趴在地上，或者揹在背部上，臉龐磨擦母親的肩膀，因此導致臉孔變形。「犽虎」的前爪足與我們的手唯一的差別就是牠們指甲較長、手掌較粗糙、皮膚呈褐色，手背上長滿濃密的毛髮，雙腳的差異處與手部大致相同，我心裡有數，不過我有穿襪子，因此馬並不清楚。身上其他部位，除了前述的濃密毛髮與膚色外，其他基本上完全一樣。

這兩匹馬看到我的身體與其犽虎極為不同，感到不可思議，其實都要感謝我身上的衣服，而他們對衣服一竅不通。那匹栗色小馬用他的蹄與骹部夾起樹根給我（以他們的方式，我會在合適的時機詳加說明）。我用手拿起，聞了一下，盡可能有禮貌地還給他。他從犽虎窩中拿出一塊驢肉，聞起來臭氣熏天，我厭惡地將頭撇開，他便將那塊驢肉丟回給那頭犽虎，牠立刻狼吞虎嚥地啃食殆盡。接著他給我一綑乾草與滿滿一叢燕麥，但我搖搖頭，向他表示這些食物都不適合我。這時我確實領悟到，如果無法遇上同類，我一定會活活餓死。至於那些骯髒不堪的犽虎，雖然當時找不到多少比我更熱愛人類的動物，無可否認的是我從沒看過各方面都如此令人厭惡的動物，而且我待在那國家的時間愈久，就愈覺得牠們面目可憎。馬主人從我的舉動看出我的想法，於是將犽虎趕回窩。之後他將前蹄舉到嘴前，想知道我需要吃哪種食物。他輕易做出這個動作，樣子非常自然，讓我大吃一驚。我作出回覆後，他卻無法理解，即使能理解，我也看不出任何能獲得食物的方式。當我們雙方僵持不下時，我看到一頭母牛從旁經過，立刻指著那頭母牛，表示想要去擠牛奶。結果奏效了，隨後他領著我走回房屋，命令一批母馬僕人打開一個房間，裡面有許多儲存牛奶的陶器與木器，排列整齊、乾淨。母馬給我滿滿一大碗，讓我喝個盡興，頓時覺得自己恢復不少元氣。

大約中午時，我看到四隻犽虎拖著像是雪橇的車輛，朝房子而來。有匹老駿馬坐在上面，看上去地位崇高。老駿馬因為意外導致左前腳受傷，因此以兩隻後腳下車。他前來與主人一同用餐，主人也盛情招待對方。他們在最上等的房間用餐。第二道菜為牛奶燉煮燕麥，老馬趁還熱呼呼的時候食用，其餘馬匹則是等到涼了才吃。他們將草料槽放在房屋中間，分成若干分，他們則雙腿跪在草蓆上，環草料而坐。中間有個大架子，依據角度的不同，配合草料槽旁不同的位置，讓所有馬匹都能吃到自己那份乾草、燕麥糊與牛奶，舉止優雅且井井有條[2]。年幼的公馬、母馬舉止恭儉，男女主人也十分殷勤、快樂地招待客人。灰馬命我站在他身邊，與友人談論不少與我有關的事情，因為我發現這位陌生人不時地望向我，並時常重複「犽虎」這的詞彙。

當時我剛好戴上手套，灰馬主人見狀，樣子似乎不明所以，比出驚奇的手勢，握住我的前腳，彷彿詢問我對前腳做了什麼。他用馬蹄指了指手套三、四遍，示意我應讓它們變回原本的樣子。我立刻照辦，脫下手套，放到我的口袋裡。這個行為激起牠們更多的討論，我看到牠們對我的行為感到十分高興，不久之後就發現這麼做所帶來的好處。主人命令我講幾個字，我也理解他的意思。用餐時，主人教我如何唸燕麥、牛奶、火焰、水，還有其他東西。他唸完後，我也跟著唸，很快就能唸出來，畢竟我從年輕時就很有語言天分。

用餐完畢後，馬主人將我帶到一旁比手畫腳，想讓我瞭解，他很擔心我沒有東西可吃。燕麥在牠們的語言唸作「囫圇」，我唸了這個詞彙兩、三遍，雖然起初我很排斥燕麥，但念頭一轉，如果我能找出把它做成麵包的方法，配上牛奶，就夠我活命，直到逃往其他國家，回到同類身邊。主人馬上命令一匹白馬女僕用某種木製托盤為我取來大量的燕麥，我盡自己所能地將燕麥放在火上烤，之後不停地磨，直到磨掉外殼，接著設法篩掉硬殼，放到兩塊石頭中間進行研磨與槌打，與水攪和之後將它製作成麵糊或是糕餅，放到火上面烤，趁熱配牛奶一起吃。這種餐點在歐洲不少地方很普遍，雖然一開始吃起來非常清淡，不過久而久之就能接受。我這輩子常常受到環境所迫，不得不吃粗茶淡飯，因此這不是第一次驗證生理需求有多麼容易滿足。況且我必須要說，住在這座島上時，我從來沒生過病。

有時我確實會用犽虎的毛髮做成繩索，用來捕獵兔子或者小鳥，也常常採集一些對身體健康有益的藥草來煮或是當成沙拉配著麵包食用。有時候想換個口味，我就會做一些牛油，喝一些乳清。起初因為沒有鹽巴可以用讓我很不知所措，不過很快就適應了。我確信我們常用鹽巴是一件奢侈的事情，當初引進鹽巴只是用來刺激湯品的口味，真正必須使用鹽巴的，只有肉品的保存，以便於漫長的航海或者距離市集遙遠的地方。畢竟除了人類以外，我們不會看到其他動物喜歡鹽巴[3]。至於我個人的話，一直到離開這國家很久之後，我才得以忍受食物中的鹽巴味。

關於飲食方面的事情就言盡於此。其他旅行者在書中則對飲食大加著墨，就好像每個讀者都很關心我們飲食的優劣。不過我仍必須在此一提，要不然世人鐵定會認為我不可能在那樣的國家、那樣的居民中找到食物，並活上三年。

傍晚時，馬主人命令我住進一處，距宅邸六碼，並與馬廄裡的犽虎分開。這裡有些稻草，我用自己的衣服披蓋在身上酣酣入睡。不過我的居住環境很快就有所改善。接下來將會細談我的生活方式，讀者到時就會知曉。

註解

1 此處將格列佛與犽虎做出對比，讓格列佛看到兩者相似後，表達出恐懼與震驚。斯威夫特以尖酸卻別出心裁的方式，藉由這段文字表達他對人性的諷刺。如果他想要將人類呈現為最低賤與可惡的物種，比起先建構出對比，再寫格列佛憤怒、沮喪的看著犽虎，這才是最惡毒又合適的方式。這裡所代表的人類墮落，不單只是肉體上，也包含道德淪喪。斯威夫特將人類描述得與犽虎相似，屈服於獸性（包括低賤、骯髒、惡毒）更剝奪其理性，將人類呈現為全然順從動物本能與慾望來行動。古代人為了警惕小孩，會殘暴的對待奴隸，將其灌醉。這種暴行會暫時剝奪他們的理性，然而我們從這裡得知，如此的道德教訓不再如此合理。

2 本章敘述慧駰寧族生活模式與態度的細節。對年幼的讀者來說，可能不會停下來思考這裡有任何荒謬之處，甚至還讀得津津有味；不過對於成年讀者來說，這幅景象肯定十分誇張又不協調，即使以寓言故事來說也是如此。

華特・史考特說：「不單只是道德上，以生理上來說也是不可能做到。畢蒂博士提到過，這是自相矛盾的，而且這些動物呈現出的特性不符合牠們原有的身體結構。我們能接受寓言中野獸或許能具備理性，但我們無法接受馬匹會搭乘車輛，更別說擠牛奶、蓋房子、還有做出牠們四肢無法做到的事情。這樣的情境就足以駁斥斯威夫特對人體結構的鏡射筆法，即使是人體所能做到最簡單的動作，拙劣的物種絕對不可能達成。」

斯威夫特才華洋溢，將犽虎的身體結構設定成足以完成這些工作，卻讓他們像我們的家畜一樣不具備理性，讓慧駰寧具備高超的智力，成為該地的優勢物種，藉此迴避故事中的不合理現象。

3 斯威夫特居然在此犯下大錯，說明所有動物中，只有人類喜歡鹽巴，讓人十分訝異。眾所皆知，事實正好相反。馬不只喜歡鹽巴，還得靠其成長茁壯，而且鹽巴能讓馬匹長肥這件事也是眾所皆知。將鹽摻入馬或其他動物的食物十分常見。當馬生病或者身體失調時，時常再牠們的食物中加入鹽巴。當草料發霉，動物不願食用時，只要撒上鹽巴，牠們就會狼吞虎嚥地吃掉。

第三章
語言學習

〔慧駰寧主人協助教導格列佛學習該國的語言；本章描述該國的語言；有幾匹具身分地位的慧駰寧出於好奇，前來探訪格列佛；格列佛向主人簡述他的航行。〕

我的當務之急就是努力學習他們的語言，而我的主人（我之後都這麼一直稱呼他）、他的孩子與家中的僕人都渴望能教導我，因為在他們眼裡我身為一頭野獸竟能發展出理性的特徵，簡直是天才。我指著我想知道的任何東西，詢問它們的名稱，獨處時抄

我身為一頭野獸竟能發展出理性的特徵，簡直是天才

寫到筆記本上，並且時常請求家中成員發音給我聽，來糾正自己的怪腔怪調。這件任務由一位擔任僕人的栗色小馬負責，他隨時能為我效勞。

他們說話方式主要是靠鼻音與喉音，而他們的語言，在我所知到的所有歐語中，最接近南德語，或是日耳曼語，但相比之下更顯高雅，辭意的表達也更為適切。這與神聖羅馬帝國皇帝查理五世的看法十分相似，他曾說過：若要與馬匹對話，那一定是用南德語[1]。

我的主人好奇心切，閒暇之餘花了不少時間教導我。主人後來告訴我，他深信我一定是一隻犽虎，但是我受教、彬彬有禮且非常乾淨，讓他非常訝異，因為那些野獸的這些特質截然不同[2]。讓主人最為困惑的莫過於我身上的衣物，有時候他會自己推論，這些衣服是否為我身體的一部份，因為我總是等到主人全家都入睡後，才脫下衣服；在他們起來前穿著完畢。主人迫切地想知道我從何而來，又是如何獲得那些表現於我舉手投足之間的理性。主人想聽我親口說自己的故事，因此希望我能盡速學習他們文字與句子的發音，進步愈是神速，就能愈早達成這份期盼。為了幫自己記下這個語言，我將所有學會的東西轉換成英文字母，並連同翻譯一起抄寫。過了一段時間後，我鼓起膽量，在主人面前這麼做。我費了一番功夫向他解釋我的舉止，因為當地居民對書籍或者文學一竅不通。

大約不到十週的時間，我已經大致能理解他的問題了；三個月內，我已經勉強能回答他。他很好奇我到底從這國家的哪個地方來的，又是從哪裡學習並模仿理性生物，因為犽虎（他只從我的頭、手、臉這些能看到的部位來判斷）具有陰險狡詐的外貌和最頑劣的性格，是所有野獸中最不受教化的。我向他回答：我來自海外遙遠的地方，與許多同伴搭乘由樹幹製成的中空船隻航行，然而我的同伴迫使我在這片海岸登陸，並放任我自身自滅。講起這段話可真有點辛苦，還得用上手勢，才讓他理解我所說的話。他回答說，我一定搞錯或者是「所說不實」（因為在他們的語言中，沒有任何詞彙能表達「說謊」或是「虛假」）[3]。他知道出了這片海不可能存在任何國家，一群野獸也不可能自由地讓木製的船隻在水上移動，他確信慧駰寧目前沒能力製造這種容器，更別說是犽虎了。

「慧駰寧」一詞在他們的語言中代表馬，根據辭源，這代表「天性的完美無瑕」。我告訴主人，自己表達能力仍力有未逮，但是會盡速改進，希望不久後就能向他講述一些軼聞趣事。他歡天喜地的指示自己的妻子、孩子與家僕，善用所有機會教育我。他自己每天也同樣會花上兩、三個小時盡心盡力地教導我。有幾匹具有身分地位的公馬、母馬鄰居聽聞有頭奇妙的犽虎，能像慧駰寧一樣的說話，言行舉止皆隱約透露出理性後，經常到我們家中造訪。他們很樂於與我交談，提出許多問題，我也盡我所能地回答他們。在這些有利條件下，我的語言造詣一日千里，抵達此地後的五個月內就能完全聽懂他們說的話，表達上也算合乎詞意。

那些前來拜訪主人的慧駰寧，都是為了看我以及與我談話。他們很難相信我是一頭貨真價實的犽虎，因為我身體外觀與其他同類不同。除了頭、臉與雙手外，我的其他部位都沒有尋常犽虎的毛髮與肌膚，讓他們大為驚嘆。不過大約兩星期前，我意外地向主人揭露我的秘密。

我之前已經告訴過讀者，我習慣每天晚上等到主人全家都睡覺後，才脫下衣服，再將衣服蓋在身上睡覺。有天一大早，我的主人派遣那匹栗色小馬僕人來叫我過去。當他進來時，我睡得正香甜，衣服滑落到一側，而襯衫在腰際上。我被他發出的聲音吵醒，看到他渾身不對勁地傳達訊息。不久後我發現他驚恐地將方才所見，含糊不清得向主人回報。當我穿好衣服，向主人請安後，主人質問我，為什麼剛剛僕人報告，我睡覺時與其平時有所不同，而且僕人信誓旦旦地向他說道，我身上有些部分是白的，有些是黃的（至少沒那麼白），有些是棕色，這到底是怎麼回事？

迄今為止，我竭盡所能地隱藏衣服的秘密，好讓他們能區分我跟可恨犽虎的差別，但我發現紙終究是包不住火了。再者，我覺得身上的衣服與鞋子已經岌岌可危，隨時都可能報銷，得用犽虎或其他野獸的毛皮來做一雙新的，不然到時候秘密就會被揭穿。於是我告訴我的主人，在我來的國度裡，我的同族都會以特定動物的毛髮或毛皮製成手工藝品，拿來覆蓋在自己身上，不單單是為了體面，也是為了防止遭受嚴峻的寒風與熱氣的侵襲，只要主人願意下令，我便能立刻向他證明。並且請他諒解。自己沒有露出我們生來就該隱藏起來的部位。主人說我的論述很奇怪，他不瞭解為什麼我們生來就該隱藏我們生來就有的東西。他自己與家人都不會以自己身上的任何部位為恥，不過就隨我高興。當下我解開大衣的釦子，脫了下來，背心也比照辦理，脫下鞋子、襪子、褲子，再將襯衫垂至腰際，將下半身的衣物撩起，並像是腰帶一樣綁在身體中間，遮住裸露的重要部位。

主人看完整個表演，露出奇異又崇敬的神情。他用骹部一件一件地拿起我的衣物，詳加檢閱，接著輕柔地撫摸我的身體，並在繞著我打量好幾圈後表示，我顯然是一頭貨真價實的犽虎，但我與其他同類大相逕庭，像我的皮膚白皙、平順，身上大多的部位也幾乎沒長毛髮，前後爪較為短小，形狀也有所不同，而且我喜歡用後腳來走路。當主人已經看膩了，又見到我冷得發抖，便允許我穿回衣物。

我非常憎恨與藐視犽虎這可恨的生物，但是主人卻時常如此稱呼我，所以我向他表達出自己的惴惴不安，請求他別幫我冠上那個詞彙，也懇求他的家人和前來看我的朋友不要這樣叫我。我也向主人請求，至少在我現在的衣服還能穿時，能保守我身上的毛髮是假的的秘密，

他用骹部一件一件地拿起我的衣物

至於他的僕人栗色小馬，我也懇請主人傳達命令，不讓他四處張揚。

主人體恤地答應我的請求，因此在我衣服還沒開始損壞前，得以守住我的秘密，之後不得不想辦法來頂替，至於用什麼方式代替，之後就會提到。同時，主人要我傾盡全力，學習他們的語言，因為不論有沒有覆蓋毛髮，比起我的身型，他們對我的語言能力與理性感到更加訝異。

他還說他迫不及待要聽我告訴他一些奇聞軼事，我之前也已經答應他。從那天起，主人便花費更多心力教育我，帶著我去找朋友們見面時，也請朋友們以禮相待。主人私底下告訴這群朋友，這樣能讓我心情變好，表演更有趣。

我每天在主人身旁服侍時，他除了費心教導我外，還會詢問一些關於我自己的問題。我盡可能地回答他，儘管還不是很完整，主人也能拼湊出一二。要我講述自己是如何一步步地進步到能夠正常地對談，就顯得有些瑣碎了。不過當我首次述說自己的故事時，順序與內容大致如下：

就如同我之前試圖告訴他的那樣，我來自遙遠的國度，與我隨行的同類大概有五十名。我們搭乘中空的巨大木造船在海中旅行，那艘船比主人的房子還要巨大。我絞盡腦汁，用最適合的詞彙來向他描述我們那艘船，並藉由我展示手帕解釋船隻是如何乘風破浪，往前航行。然而我跟同伴發生爭端，因此被丟在這片海岸上，我只能漫無目的地前進，直到他從可恨犽虎魔掌下救走我。主人問我到底是誰建造了這艘船，以及慧馬國裡的慧駰寧怎麼可能將這種事情交辦給野獸處理。我回答道：除非主人以口頭及自身名譽保證不會生氣，否則我不敢繼續講那些平常答應說的那些趣聞軼事。主人答應了，於是我繼續向他保證，這些船隻都是像我們這樣的生物所建造的，而在我的國度與我曾經去過的國度，都是由像我這般的理性動物主宰一切。當我來到這裡後，看見慧駰寧的舉止有如理性動物，驚訝程度不亞於當主人或他的朋友發現，被他們稱作犽虎的動物身上，居然有一絲理性的跡象時那般。

儘管我全身上下長得就像犽虎，但不知道該如何解釋牠們為何退化到如此地步或是具備如此獸性。誠如我所言，如果我有幸回到故國，一定會講述自己在這裡的所見所聞，然而每個人都會認為我「所言不實」，聲稱那些都只是我自己在腦中幻想出來的故事。我很尊敬主人、他的家人與朋友，主人也向我保證不會發怒，於是我接著說道，我們的國人無法想像，居然會有個國家是由慧駰寧主宰，而犽虎只不過是隻區區野獸[4]。

註解

[1] 有一段對查理五世的評論十分有名，內容提到：「他以西班牙文和上帝交談；以義大利文和紅粉知己交談；以德文和馬匹交談。」斯威夫特或許藉此機會表達自己厭惡漢諾威王朝與德國人影響下的新事物。

[2] 謝里丹觀察到，本段落中，用來表達作者想法的方式很奇怪，並建議正確寫法應該是「這所有的特質都和那些野獸截然不同。」我們已經提到或許斯威夫特是刻意呈現這種有所缺失的文筆，以符合格列佛那種樸實無華的水手文筆。

[3] 斯威夫特將慧駰寧描述為無法接受任何刻意說謊的可能性，並告訴我們他們的語言中並沒有任何詞彙可以用來表示說謊，藉此痛斥人類的罪孽摧殘人性中所有好的與崇高的部分，墮落得連野獸都不如。

大主教提洛森最後一次講道中（該次佈道講得很好），針對愚蠢以及說謊的罪提出以下看法：「不論你認為造假與掩蓋有多好用，很快就不管用。然而說謊所帶來的問題卻是永久的，因為這麼做讓人永遠處於他人的嫉妒與猜忌，說實話沒有人信，或許他是真心誠意，仍是得不到信任。」要是失去名譽，很快就身敗名裂，不論說實話謊話，都無力回天。謊言奴役我們，使我們墮落；實話昇華我們，讓我們自由。

聖伯納在一次談話中，對真理發表簡短的感想：「只要有真理，就能放我們自由，拯救我們，清洗我們的罪。」柏拉圖認為真理即為神的本質，他曾崇高地說：「真理是祂的身軀，照亮祂的陰影。」柏拉圖教導想昇華人類靈魂，使靈魂不論身處何種狀態，都能獲得幸福，真理與美德是同等重要的。

4 格列佛與慧駰寧的這段對話中，概括了斯威夫特的計畫，也就是安排人類失去理性，讓野獸具備理性。他的詩作《受到反駁的邏輯學家》(*The Logicians Refuted*) 以他向來尖酸與嘲諷的文筆，探討野獸優於人類，以及人類的本性勝過理性。

邏輯學家曾有，卻未能定義，

全人類具備的理性，

他們說理性專屬於人，

端看要如何證明，

睿智的亞里斯多德與斯米格勒希斯，

運用似是而非的理智，

絲毫不差地努力證明，

透過定義與分類，

證明人類是理性生物，

但我不敢以靈魂擔保，

不論他們擁有多少理性，

人類與所作所為都將功虧一簣，

自然之主見狀，大聲說道：

這生物真是弱小又錯誤百出順應本性來行事，

凡人因理性妄自尊大，

自認遠勝過野獸，

野獸之神啊，

誰曾聽聞真誠的野獸，

鄰居想要對簿公堂，

控訴對方傷害罪，

或是朋友以謊言與馬屁欺騙，

他們自由漫步在平原上，

不受政治所擾，

安心攝食與活動，

從不知誰會上法庭，

從不舉辦貴族集會，

摯友不會成仇敵。

他們從不褻瀆神明，

也從不向達官顯要卑躬屈膝，

更不從做骯髒事，

也從不提筆寫給鮑伯。

謾罵他人誤人子弟，

他們從不找主禱文街之人。

法官、告密者或舞蹈大師，

扒手或劣等詩人，

誠實的四足動物全然不識。

同胞之間沒有領袖，

野獸從未血腥鬥爭，

從不割喉血債血償。

真正的野獸就是人猿，

外型最類似人類，

就像人類什麼都模仿，

內心蘊藏著惡意，

心懷惡意扮鬼臉，

位官員實不如人猿。

看他謙卑、低聲下氣、伺候，

視達官貴人為無物，

人猿比他更高貴，

他答應會平等對待，

也確實平等地對待

轉身尋找模仿者，

宮廷搬運工、油漆工與服務生，

依舊服務他們主上，

將領、公爵全是戲精，

宮中不論上下流，

全都表現像人猿。

第四章
外地犽虎的惡行

〔本章敘述慧駰寧對真假的觀點；主人不認同格列佛的言論；格列佛更鉅細靡遺地講述自身及其航行中所發生的事故。〕

主人聽我說話時，臉上展露出惴慄不安的表情，因為「懷疑」或者「不信」這個詞彙在這國家裡幾乎不存在，因此遇到這種情況，他們自然變得手足無措。我記得自己時常與主人談論世上其他地方的人性，有時會談論到「謊言」或者「錯誤的

呈現」。儘管主人在其他方面上，理解能力超群，但在這方面卻得大費唇舌才能讓他理解我的意思。他如此主張：「使用言語是為了理解彼此，並得到與事實有關的訊息，若是『所言不實』，目的就無法達成。因為我無法確切理解他的意思，自然也無法獲取正確的訊息，而這情形比無知更加糟糕，導致我顛倒黑白長短。」他對說謊這種概念最全面的理解就只是如此，而人類不只對說謊這門學問相當嫻熟，更是廣泛地加以運用[1]。

言歸正傳，我斷言犽虎是我國唯一的主宰物種時，主人說這完全超出他的想法。他想知道，我們那邊有沒有慧駰寧，他們都在做什麼事。我告訴主人，我們那邊有很多慧駰寧，夏天時在田野中放牧，冬天時待在屋內，提供乾草與燕麥給他們吃，並且雇用犽虎僕人把他們皮膚刷得光滑平順，幫他們梳理鬃毛、修剪馬蹄、餵食、鋪床。主人說道：「我瞭解你的意思了，顯然無論犽虎自認為有多少理性，慧駰寧都是你們的主人，我由衷希望我們的犽虎也那麼溫馴。」我請求主人讓我在這裡停下，因為我確信接下來要說的事情，會讓他極度不悅。不過他堅持要我直言不諱地說出來[2]，無論是最好還是最差的事情，都得讓他知道。

我告訴他，那我就恭敬不如從命。老實說，我們將「慧駰寧」稱作是「馬」，是我們擁有最美麗又最溫馴的動物。牠們身強體壯、速度飛快。達官顯要所飼養的馬是用來旅遊、競技或拖車；牠們會獲得友善的對待與妥善的照顧，當牠們生病或瘸腳，主人才將其賣掉。而牠們至死前，都會被用於各式各樣的苦差事。牠們死後，人們會剝下牠們的皮，依價格出售，屍首則成為狗或猛禽口中的食物。然而一般人的馬就沒那麼幸運。牠們由農夫、馬夫與其他社會地位低下的人飼養，並被用於更沉重的苦差事，食物也較為寒酸。我盡可能地描述我們騎馬的方式，以及轡頭、馬鞍、馬刺、馬鞭、馬具與輪子的形狀與功用。我還說我們將一塊被稱作是鐵的堅硬

而到牠們死亡前，都會被用於各式各樣的苦差事

金屬物質固定在他們的腳底，以免他們的蹄遭到我們常走的石頭路磨損。

主人聽完後大發雷霆，並百思不得其解，我們何以如此膽大包天，居然敢騎上慧駰寧的背。他確信即使是家中最弱小的僕人，仍可以將最強大的犽虎摔落，或者躺下來，將這些野獸壓在背部下方，在牠們身上打滾，藉此壓死牠們。我回答道，我們的馬從三、四歲時就會接受訓練，以符合各種我們想要的用途。如果馬匹表現得桀傲不遜，我們就讓牠去拉車；如果在幼時敢要任何把戲，就會遭受到一頓毒打；至於用來騎乘或拉車等一般用途的公馬，我們在牠出生後的兩年左右，就會進行閹割，重創他們的雄風，讓他們更加馴服與溫和。這些馬也能瞭解獎賞與懲罰，但主人請明察，牠們就和這裡的犽虎一樣，不具備任何理性。

他們語言的需求與感情不如我們複雜，詞彙也沒那麼豐富，所以我得費盡心思地拐彎抹角，才能讓主人正確的理解我所說的。主人聽見我們以野蠻的手段對待慧駰寧一族，特別是我解釋閹割馬匹的方法與功用，防止他們繁殖後代，以及讓牠們更溫馴服從等話語後，心中燃起無以言喻的怒火。他說，若只有犽虎具備理性，那牠們絕對是該國的主宰物種，因為隨著時間過去，理性將會勝過蠻力。然而考量到我們的體型（尤其是我的）他不認為有任何大小相同的生物擁有與我們同樣糟糕的身體結構，導致無法將理性運用在日常生活中的普通事項。

講到這裡，他想知道那些生活在我周遭的人，到底是像我，還是像那些犽虎。我向他保證，自己的身形跟多數同胞一樣健壯，不過年輕人與女性相較之下更為柔軟與纖細不少，女性的皮膚大多如同牛奶般潔白無瑕。主人說我和其他犽虎確實不同，不單只是乾淨不少，長相也沒有如此畸形怪異。

然而就實質作用來看，主人認為我更加劣勢。我的指甲對於我的前後腳毫無作用，至於我的前肢，他甚至認為不該稱呼為腳，因為從沒看過我用它們來走路過，加上它們太柔軟，因此禁不起在地面上走路。走路時，我通常都不會遮住前腳，也不會戴我偶爾會套上前腳的東西，其與後腳穿的東西相比，不僅形狀不同，強度也有所落差。我走路也不夠穩固，只要其中一隻後腳滑倒，就一定會跌倒。接著主人開始數落我其他身體部位：臉太扁平、鼻子太凸；眼睛長在正前方，必須轉頭才能看到左右兩側；吃東西必須要舉起一隻前腳碰到嘴巴，因此大自然才為我裝上那些關節，滿足這些需求。他不知我後腳那些裂縫與分岔有何作用，如若沒有其他野獸的毛皮製作的套子，那柔軟的後腳就無法承受石頭的堅硬與銳利，我全身上下沒有任何保護，足以抵禦酷熱與寒冷，因此被迫每天穿脫衣物，非常繁瑣又麻煩。

最後，他發現到我們國家所有的生物天生就很討厭犽虎，弱者迴避，強者驅離。因此即使我們具備理性的天賦，他仍看不出來我們有辦法化解所有其他生物天生對我們的敵意，甚至看不出我們要如何馴服牠們，讓牠們為我們所使用。接著他說不願意對這件事情多加辯論，因為他比較想知道在我來到這裡前，我自己的故事、我出生的國家以及生命中的所作所為與遭遇。

我向他保證，自己非常樂意告訴他，並且每一點都能讓他感到心滿意足，不過我也很懷疑，自己是否能說明清楚其中幾項話題，因為我在這國家中沒有看見任何可以類比的事物。儘管如此，我仍是願意盡力一試，藉助相似的事物來表達，如果想不出精確的用語時，就會謙卑地請求主人協助，而他也欣然答應。

我說道：自己誕生於一座稱為英格蘭的島嶼上的老實人家，距離主人的國家非常遙遠，即使是他最健壯的僕人也得花上整整一年才能走到。我受到醫學教育，專職治療意外或是暴力造成的身體傷痛。我的國家是由一位女性所統治，我們稱她為女王。我為了賺錢離鄉背井，希望回國之後能維持自己與家人的生計。我最後一次出海時，擔任船上的船長，率領約五十名犽虎。航行過程中，有很多人葬身於大海，於是我被迫從幾個國家尋找新血。我們的船艦遇上兩次大危機，第一次遇上巨大的暴風雨，第二次撞上海上礁岩，兩次都差點沉入大海。這時我的主人插嘴，好奇地問我，經歷這些損失後，是如何說服不同國家的陌生人冒險隨我登船。我說：那些人命運乖舛，因為貧困或是犯罪而不得不離鄉背井。有些人為法律訴訟所苦，落的傾家蕩產；有些將全部的積蓄拿來吃喝嫖賭；有些因叛國遠走他鄉；不少人是因為犯下兇殺、偷竊、下毒、搶劫、偽證、偽造文書、鑄造假幣、或是犯下強暴、雞姦等重罪，也有些是為了逃避兵役，或是倒戈。而這些人大部分都因為害怕被處以絞刑、在監獄中挨餓受凍而越獄，因此不敢返回家鄉，必須在別的地方討生活。

這次的談論中，主人總愛三番兩次地打斷我。我必須不斷拐彎抹腳、費盡心思地向他描述那些迫使我大多數的船員們離鄉背井的罪孽。我花了好幾天的功夫，終於讓他理解我的意思。主人百思不得其解，到底是出於何種用途，或是有什麼必要性，得犯下這些罪行。為了清楚地向他解釋，我努力地說明一些與權力與財富的慾望有關的概念，以及色慾、放縱、邪惡與忌妒影響下的可怕後果。解釋上述所有事情時，我都必須透過案例與假設來向他定義與描述。經過我的說明後，主人彷彿聽到前所未見、聞所未聞的事情，驚訝又憤恨不平地抬起雙眼。他們的語言裡，找不到任何可以表達權力、政府、戰爭、法律、懲罰與成千上萬種其他事情的詞彙，因此我幾乎無法讓主人理解我的意思。不過主人領悟力強，加上靠著沉思與對話增進理解能力，終於能充分理解到我們世界的人性有何能耐。之後他要我詳細描述我們稱作「歐洲」的那片土地，尤其是我自己的國家[3]。

註解

[1] 不同的哲學家和妙談，都以許多諷刺形式，說明言論在於表意，而語言則多所隱瞞。波納 (Bona) 紅衣主教於十七世紀曾說：「上帝給予世人可以隱藏情感的天賦。」十九世紀時，德塔列朗重述這段格言。歌德史密斯的著作《蜂》(*Bee*) 有相同的思想：「言語真正的目的不是用來表達我們的欲求，而是隱藏起來。」伏爾泰評論道：「不吟唱詩歌以隱藏心跡。」斯威夫特不只一次用哀痛欲絕的語氣，來重申說謊的罪孽。

就這點而言，斯威夫特有次無畏地表露心跡時，便體現了這項思想。當時他對大眾公開聲明他的政治觀點，甚至受到那些掌權者的厭惡，讓他惹上麻煩，受到迫害。他的佈道《偽證論》(*On False Witness*)以非常強硬的方式談論這項議題。當時的道德學家立即響應，也時常探討，努力地譴責與遏阻謊言與虛偽。

理查・斯提爾於一七一一年寫道：「我們這時代有諸多重大腐敗與墮落的案例，在這之中，大多數的談話不乏虛偽之處。世界充滿虛偽與頌讚，人類的文字難以傳達出他們真實的想法。如果用一個人思而後言、言而由衷，且不像一般人那樣試著取悅所有人，便容易招致有失禮節的批評。古英格蘭人樸實無華，真心誠意，天性剛正不阿，個性率真誠實，總是堅持心中最偉大的理念，並時常伴隨無所畏懼的勇氣與決心。然而到了我們這時代，大部分的特質卻失傳了。長久以來，我們努力效法外國制度與風格，卻只是邯鄲學步，只學到鄰國最差的部分，最好的優點都沒學到。」

2 謝里丹抨擊這種表達方式，「堅持要我直言不諱地說出來」不像是英文。這句話無論如何都不正常，不過這可能是地方上的差異。讀者可能認為這是錯字，但所有版本都是這樣描述。

[3]這段慧駰寧與人類之間的對話構思非常合理且富妙趣。慧駰寧心性純樸、純真、具備榮譽感，幾乎無法想像罪惡或者誘惑。作者透過這段敘述抨擊人類引以為豪的理性，卻時常自打嘴巴，再運用格列佛與馬主人細談人類的罪惡，以及主人聽完後的鄙視與震驚作為對比。斯威夫特透過馬批評人類身體結構，最不適合做日常生活的事務。主人推理的依據，有助於我們反思自己的無知與妄自尊大。

第五章
歐洲見聞錄上[1]

〔格列佛奉主人的命令，報告英格蘭的國情，以及歐洲君王之間互相征伐的理由。格列佛也開始講解英國憲政。〕

請讀者留意，以下為兩多年來，多次與主人談話的精華，包含重要部分的摘要。隨著我慧馬國語能力飛速進步，主人經常要我進一步滿足他的好奇心。我盡可能地向他陳述歐洲的整體狀況，包含貿易、製造業、技藝與科學。這些題材引起主人的興趣，因此他提出五花八門的問題，我耐著性子一一回答，卻衍生出更多永無止盡的話題。不過此處只有記錄我們之間談論到關於我國的內容，我盡可能條理分明，不論時間先後順序或其他情形，我仍恪守遵從真相的原則。我唯一的擔憂是，我力有未逮，在將慧馬國語翻譯成我們野蠻的英文時，無法貼切地將主人的論點與想法傳達出來。

於是我遵奉主人大人之命，陳述奧倫治親王所領導的革命。這是一場與法蘭西的長期抗戰，並由他的繼承者——現任女王重啟戰爭。基督教世界的所有強權都參與了這場至今仍未結束的戰爭。我依照主人要求，計算戰爭過程中的損失，整場戰爭下來，約有一百萬頭犽虎喪生、大概有上百座城市被侵占，更有多達五倍的船隻被燒毀或者擊沉。

他問我一般而言，一個國家會因為甚麼原因或動機，向另一個國家發動戰爭。我回答，發起戰爭的原因或動機太多了，因此我只列舉一些主要的原因。有時候是因為君王的野心，君王們總認為自己統治的土地不夠遼闊，人口不夠多；有時候是大臣的腐敗，促成他們的領主發起戰爭，來壓制或者轉移百姓對於暴政的怒吼。意見的分歧也往往剝奪數以百萬計的生命，這些歧見包括「身體」為「麵包」或是「麵包」為「身體」；某種漿果汁液是酒或血液；吹口哨是惡行抑或美德；應該親吻十字架還是要丟進火裡，大衣最好應該穿黑色、白色、紅色還是灰色、應該要長還是短、該寬還是窄、該骯髒還是乾淨……以及其他不勝枚舉的事情[2]。由歧見所引發的戰爭最為兇殘、血腥且長久，特別是當歧見涉及的是無關緊要的事情。

有時候兩位君王的紛爭來自爭論誰該放棄自己三分之一的領地，然而兩人對自己的權益無所退讓。有時候一位君王挑釁另一位君王，是為了先發制人，因為怕對方事先挑釁。有時候發動戰爭是因為敵人太強，有時則是太弱。有時候我們的鄰國想要我們所擁有的或是擁有我們想要的，因此我們戰鬥，直到他們成功奪走我們擁有的，或是主動雙手奉上自己的東西。當一個國家的人民正承受著飢餓難耐之苦，或為瘟疫疾病所摧殘，或是派系間的自相殘殺，其他國家就能師出有名，大舉入侵。當鄰國盟友的城市唾手可及，或是有片土地能讓我們領土更鞏固與完整，我們也可以光明正大地發動戰爭。若君王進軍貧窮無知的國家，他還能以「教化他們，擺脫野蠻生活」為由，冠冕堂皇地殺死半數之人，並奴役剩下另一半的人民。外敵侵入時，君王渴求另一位君王協防，驅逐入侵者後，原先協防的君王鳩佔鵲巢，佔領這片土地，殺死、囚禁或是放逐自己所保護的國君，這種行為不只司空見慣，甚至還是非常榮譽的王道舉動。以血緣或婚姻所結成的盟約，就是君王間發動戰爭的理由，關係愈密切，愈容易發生爭端。窮國飢餓，富國驕矜，而驕矜與飢餓，兩者不可能共存。這些五花八門的理由使人們最為推崇軍人這行業，因為軍人是受雇進行冷血殺戮的犽虎，他們會盡可能地殘殺與自己毫無瓜葛的同胞[3]。

歐洲的那些君王無異於乞丐，無法自己發動戰爭，但是可以將軍隊借給較為富有的國家，依照人數與日數收費，君王自己取走四分之三，作為他們維持生計的最主要的收入來源，北歐許多地區的君王都是如此[4]。

主人說道：「從你告訴我的戰爭相關事物，我確實瞭解你們展現出自稱的理性，會造成何種後果。所幸你們所作所為帶來的羞愧遠大於災難，因為你們天生的限制，使你們無法造成太大的災禍。你們的嘴平坦地攤在臉上，除非經過彼此同意，否則你們很難咬住彼此，造成任何傷害。你們前後腳的爪子短小而柔軟，我們這裡的犽虎只需要一隻，就能打跑你們十二隻。因此在你講述戰爭死亡人數時，我不得不認為你所言並非事實。」

我不禁搖了搖頭，因為他的無知而嘴角微揚。我對兵法不算陌生，便向他講述大砲、蛇砲、鳥銃、卡賓槍、手槍、子彈、火藥粉、刺刀、戰役、圍城、撤退、進攻、挖牆角、反挖牆角、轟炸、海戰、被擊沉的千人之船、雙方各兩萬人的陣亡、垂死的呻吟、炸飛到空中的肢幹、煙硝、吵雜、混亂、被馬踐踏致死、走上為策、追擊、勝利、散落在戰場四處的屍體，成為狗、狼與猛禽的食物、劫掠、強取豪奪、焚燒與毀滅。為了展現親愛的我國同胞英勇無畏，我向他擔保，自己曾看過他們在圍城中與在戰艦上，一次炸飛一百名敵軍，也曾經見過屍塊從天而降，讓旁觀者大為振奮。

我原本想講出更多細節，但主人命我住嘴。他說道：「凡知道犽虎本性者，都能輕易相信，若這邪惡動物的力量與奸巧能與他們的惡意相當，就可能作出你所說的所有行為。」經過我的敘述後，他更加厭惡這整個種族，如此不安的感覺可是他從未感受過的。他以為只要耳朵習慣了這可恨的詞彙，就漸漸地不再那麼厭惡，儘管他討厭這個國家的犽虎，卻從不責怪牠們可惡的本性，就如他不會去責怪迦納（一種猛禽）殘忍，或是責怪割傷他馬蹄的尖銳石頭。然而號稱具備理性的生物居然能犯下如此滔天大罪，讓他感到惴慄不安，墮落的理性比起殘忍的獸性，恐怕會鑄下更大的錯誤。因此他不認為我們具備理性，而只是擁有某種剛好能助長內心邪惡的特質，就像畸形的身軀在混亂的水流中，反射出的身影不只更龐大，也更扭曲[5]。

他接著說道，他已經從這次與之前幾次對談中，聽到太多與戰爭有關的事情。不過現在仍有一點十分不解。我之前告訴他，我們有些船員因為被法律毀一生，因此離開自己國家。儘管我已經向他講解過這個詞彙的意思，但他仍然無法理解，原本應該保障所有人的法律，又是如何摧毀一個人的？他要我更加深入地說明，依據自己國家現況，我所謂的法律與執法者是什麼意思。他認為，既然我們自稱為理性動物，那麼我們的天性和理性應該能充分的教導我們該做什麼、不該做什麼，我們的天性與理性應該已經綽綽有餘。

我告訴主人，自己對法律這門學問涉略不深，不過是曾遇上一些不公不義，委託法律辯護人，最後仍徒勞無功，不過我仍向主人保證，會盡量說明得讓他滿意。

我說：「在我們之中，有一群人從年輕時就研究辨析文字的技藝，並靠此技藝獲得報酬[6]。他們玩弄文字遊戲，搬弄是非，將『黑』的說成是『白』的，將『白』的說成是『黑』的。在這樣的社會中，其他的人都是這群人的奴隸。」

「舉例來說，若是我的鄰居想要侵占我的乳牛的話，就可以雇用律師來證明他擁有我的母牛的所有權。而我也必須雇用另一名律師，來幫我保障自己的權利，因為法律禁止任何人替自己辯護。

就這個案件來說，我身為真正握有所有權者，處於兩大不利條件。首先，我的律師幾乎從嬰兒時期開始，就在練習為虛假的事件辯護，對正義辯護卻一竅不通，因為這份工作有違本性，做起來就心不甘情不願的，也非常綁手綁腳。第二項不利，則是我的律師必須小心翼翼，以免遭到法官訓斥責備，以及受到同行厭惡，說他有辱法律這項職業的行規。因此我只有兩個辦法可以保住母牛。第一種是用兩倍的費用收買對手的律師，讓他背棄他原本的客戶，暗示正義站在他那邊。第二種辦法則是承認牛屬於我的對手，讓我方律師盡可能地使我方理由看起來十分不公義。若技術高超，就一定能博得庭上的好感。」

「主人您也知道，這些受到指派來裁決財產爭議與審理罪犯的法官，是從最具手腕的律師中挑出來的，他們都已經年老或怠惰，終其一生都對真理與公正抱持偏見，一定極度偏袒虛偽、偽證與迫害；而我也知道其中有些拒絕了來自正義一方的賄賂，避免做出違背本性或工作的事情，進而傷及整個行業。」

「這些律師之間流傳著這麼一句箴言：『凡是以前

做過的事情，都能合法地再做一次。』因此他們特別花費心思記錄以前所有違反人類共同正義與普遍理性的判決，將其稱為「判例」，以作為權威，藉此正當化自己最不公正的見解，而且法官們總是比照辦理。」

「他們辯護時，刻意拐彎抹角，不深入案件本身的來龍去脈，反而致力於所有不相關的證據，並針對這些部分，以慷慨激昂與繁文縟節的方式來進行辯論。舉例來說，之前所提到的案件中，他們完全不過問我的對手，對我的母牛有何權利或者產權，反而想知道牛是紅色的還是黑色的，長著短角還是長角，放牧的地是圓的還是方的，是在家中還是外面擠牛奶，容易罹患什麼疾病……等諸如此類的事情。之後有時查閱判例，讓審判延後，得花十年、二十年、三十年才能結案。」

「同樣地，我們也會發現，這個社群有自己獨有的專業術語以及行話，其他人都無法聽懂。所有的法律條文都是用這些術語以及行話所寫成，而且他們也花了很多心思大量生產這些條文，徹底模糊真偽與是非對錯的本質，因此得花上三十年才能判決那塊祖傳六代的田地是屬於我的，還是屬於一個三百英里外的陌生人[7]。」

「審判有顛覆國家政權嫌疑的嫌犯時，方法就簡便快速許多。法官會先派人試探當權者的意向，之後便可以輕易地判處嫌犯絞刑或是當庭釋放，這一切依然恪守所有司法流程[8]。」

講到這裡，主人插嘴說，根據我對律師的敘述，他們一定具備強大的腦力，卻沒人鼓勵他們教育其他人知識與智慧，因而感到惋惜。我向主人保證：「他們對於自己行業以外的事情通常都是最無知、愚蠢的，平常的對話中，也顯示出他們的卑鄙無恥。他們是一切知識與學問的死敵，不論是與自己同行或是不同行的人對話，同樣喜歡搬弄是非，玷汙人類的普遍理性。」

註解

[1] 格列佛在先前的旅行中，講述過自己國家的風土民情，本章也是如此。不過這次我們讀到的，不只是斯威夫特時代的英國，也包含歐洲政治、戰爭，及其起因、法律以及政府。我們可以比較本段的論述與《大人國遊記》第六章中，格列佛對布羅布丁納格國王的敘述。斯威夫特是那年代裡，文筆最好的政論家。他以卓越的文筆，寫下三篇短論——《女王末四年史》(*The History of Last Four Years of the Queen*)、《國家事務現況雜談》(*Some Free Thought upon the Present State of Affairs*, 1714)、《女王末代內閣行為研究》(*An Inquiry into the*

Behaviour of the Queen's Last Ministry)。斯威夫特寫作《女王末四年史》時，花費的心力比其他作品更多，因此自認為最佳著作。沒讀過這三部傑作的人，無法充分評斷斯威夫特身為政治作家的能力。

2 斯威夫特在此影射宗教改革後所引發的戰爭。宗教間的歧見日漸增加，舉例來說：不同派別對詮釋聖經教條的紛爭。在《桶物語》中，斯威夫特是以機智的文筆批判這項教條，而非一派斯文地批判。故事中提到：用餐時，彼得給馬丁與傑克一條棕色的麵包，告訴他們這是上好羊肉。斯威夫特也在故事中影射是否該親吻十字架、天主教牧師該穿什麼顏色的法衣，又該穿哪種法衣等紛爭。

3 任何熟知歷史之人，很快就能在腦中想到斯威夫特在此提及的各種開戰緣由。歌德史密斯在《世界公民》中提出幾項非常好的論點，特別是與英格蘭有關的。顯然作者是希望呈現出戰爭最惡劣的一面，藉此替烏德勒茲條約平反。

斯威夫特在《桶物語》與《閒談大自然、用途、戰爭與紛爭的必要性》(A D*igression on the Nature, Usefulness, and Necessity of Wars and Quarrels*) 中，以諷刺又幽默的文筆指出野獸與人類的差別。「野獸的野心不大，不足以持續向同類發動戰爭，也無法率領軍隊與人民摧毀彼此。這些特權只專屬於人類。本段運用大量的野心、狂熱、欲求……等特質，來呈現出人性的優越。」

4 斯威夫特在此以極度強硬的文筆，抨擊喬治一世的政策——花費英格蘭的錢，雇用黑森的日耳曼傭兵，為漢諾威家族領地提供保護，引起人民大為不滿。國王死後，國會將原先支付給一萬兩千名黑森傭兵的二十三萬九百二十三英鎊刪減，雖然遭到強烈反對，最後仍是成功施行。

5 霍克斯沃斯說：「透過長篇大論，或是咄咄逼人的語氣揭示不公不義的荒謬與戰爭的殘酷，效果不勝此處直白展現新觀點所帶來的效果。以戰爭來說，我們已熟悉各式各樣的不公不義與大肆破壞。我們逐漸熟稔於這些充滿疑點卻鮮少受到質疑的觀念，因為我們在懵懂，且對所有資訊都全盤接收的年紀，便已浸淫在這種觀念之下。若有人為了滿足慾望殺害他人，我們會不寒而慄；然而，若有人為了滿足虛榮心殺害百萬人，我們卻感到佩服、羨慕與贊同。如果我們閱讀此頁與接下來幾頁，將會訝異得發現，當聽見歷史悲劇的不斷重演，我們卻感到麻木不仁，也在無意中，默許這些引發戰爭的藉口，且對此旁若無聞，即使他大肆殺害那些對生育與文化有所貢獻的同胞、撕下風俗與偏見的偽裝，提起早已面目全非的罪惡，最終也被其摧毀。」

6 霍克斯沃斯博士評論此段落說道：「從任何面向來看，法院都想兩面得利，因此這段敘述並非有所誇大。」若所有案件中的是非對錯都只是一種展演方式，而無須司法調查即可查明，則這段敘述或許有些誇大。

不過請記住，這種個案並不常見。通常在訴訟中，雙方都有做對與做錯的地方，而司法最終目的就是要衡量這些疑惑，探討哪方比較有道理。不過即使是誠實的判決以及明智的法官通常也會遇上疑慮；有時審判到更高等法院時也會逆轉。

7 所有人都得承認，斯威夫特對法律與律師的描述非常扭曲，也過度渲染，但讀到斯威夫特聰明又幽默的敘述時，肯定會心一笑。斯威夫特列舉缺點的方式，正是在訴訟當事人的角度，因此文筆非常辛辣。即使批判這些鋪張與不公不義，斯威夫特所抨擊的幾項弊病時至今日仍有一些情況與當時相同，因此遭人大為詬病。

司法過於遵從判例（這是非常複雜又難堪的辯護制度），造成判案時經常失焦，或是被辯護人排除，因此無法伸張正義，而裁決是依據較不重要的附屬物，或是全然以技術性手法，違背案件的正義。訴訟過程曠日廢時，導致司法價值大打折扣。基於以上原因，法律與相關專業人士不受多數人的歡迎。辯護與辯論所使用的行話沒人聽得懂，更是讓人們厭惡與嘲笑。

《史特拉丁對決斯提爾斯》(*Stradling versus Stiles*)，即透過滑稽的文筆模仿出一份報告，並以嘲弄的手法，影射許多我們提及的缺陷。法律的所有體系都已經大力改革，排除五花八門的缺陷與不公。最重要的，無須再批評司法過程的繁文縟節，至少沒這麼極端。斯威夫特那年代有時需要花三十年才能確認判決，現在有些案件則不到三年就能定讞。

8 斯威夫特在此嚴厲批判法官，無庸置疑即是受到他對首席判官維楚德之恨意的影響。維楚德大肆迫害替斯威夫特出版《給愛爾蘭製造業永續發展的建議：徹底抵制所有來自英格蘭的紡織品》的印刷廠老闆華特；他也展現出同樣不得體的手段，渴望能誘使高等法院下達傳票，對付印刷《布商之信》的哈汀。維楚德興致盎然地要求陪審團說明他們如何得出對《無知者》(*Ignoramus*) 的裁決。實際上，要求陪審團揭露自身與同儕間的討論內容會違背陪審團的誓言。最終維楚德無法說服陪審人員，怒氣沖沖地離開。我們該慶幸，今日的法官以生命捍衛他們的工作，因此不受國王的箝制，即使有，也不會影響到他們職務上的嚴厲教條。

第六章
歐洲見聞錄下

〔格列佛繼續描述安妮女王統治下的英國情況，並描述歐洲朝廷中閣揆的性格。〕

主人仍然無法明白，律師一族是受到什麼動機的驅使，才會做出不公不義的勾當，自尋煩惱、徒增疲憊，而這一切竟不過是為了傷害自己的野獸同胞；主人也無法理解我所說的，這些人「受雇行事」到底是什麼意思。也因此我必須大費周章地向他講解金錢的功用、材

質與金屬的價值。當犽虎獲得許多這種價值連城的物質時，就能買下想要的一切，像是雍容華貴的衣裳、金碧輝煌的豪宅、幅員遼闊的土地、最昂貴的肉品與飲品，以及任君挑選的貌美女人。由於只有金錢能達成這些事情，對我們的犽虎來說，由於他們生性揮霍、貪婪，因此要花費與存下的錢永遠不夠。富人坐享窮人的勞動成果，而窮人所擁有的卻不及富人的千分之一。我們大多數的人都被迫悲慘的生活著，每天為了那份微薄的薪資勞心勞力，只為讓少數人過上奢華的生活。

為了讓主人理解，我除了以上狀況，還詳加敘述了許多其他例子，不過主人依然無法理解，對他來說，大地所生產的東西，所有動物都有權享有一份，特別是那些主宰者。因此他想知道這些昂貴的肉是什麼，為什麼我們之中會有人想要。當下我將心中所想到的一一列舉出來，並告訴他各式各樣的料理方式，而那些料理所需要的材料，以及美酒、醬料與其他數之不盡的精工巧具，

對我們的犽虎來說，要花費與存下的錢永遠不嫌多

都得出海才能取得。我向主人擔保，必須航行地球至少三圈，才能弄到一位地位崇高女犽虎的早餐，或是裝那食物的小盤子。

主人認為這個連食物都無法自給自足的國家肯定十分困苦。最讓他一頭霧水的是，我所描述的廣大土地中，怎麼沒有任何淡水，甚至要出海才能取得喝的。我向他回答，根據估算，我親愛的故鄉英格蘭所生產的食物是當地居民消耗量的三倍，從穀物中萃取或是從某些樹果榨取的酒精，能做出非常優良的飲品，產量也一樣充足，生活中所有好用的器物也是以這種比例生產。不過為了男人的窮奢極侈與女人的虛榮浮華，我們將大部分的必需品出口到其他國家，得到的回報卻是供大家分享的疾病、愚蠢與罪惡之物。

因此我們許多人為了養家活口，被迫從事如乞討、搶劫、盜竊、欺騙、當皮條客、做偽證、奉迎諂媚、教唆、偽造、賭博、說謊、阿諛奉承、恐嚇、賄選、敷衍了事、心不在焉、下毒、賣淫、講空話、毀謗、妄想與其他諸如此類的行業。而我上面用的每個辭彙都必須費盡唇舌解釋才能讓主人理解。

「我們從國外進口酒不是因為缺水或者缺乏其他飲品，而是因為這種液體讓我們歡樂無比，藉由湮滅我們的理智，使腦部產生出狂野、放縱的想像，並燃起我們的希望，驅散我們的恐懼，暫時停止各種理性的機能。它們也讓我們手腳不聽使喚，最後陷入沉睡。不過我也得坦承，酒醒的時候，總是覺得不舒服與頹靡不振，而且這種飲料會讓我們染上不少疾病，使我們身體不適，壽命縮短[1]。」

「不過除此之外，大部分的人為了維持家計，得為富人或彼此提供生活中的便利或必需品。舉例來說，我在家裡打扮得整整齊齊，身上穿著的衣物就是一百位工匠的心血結晶，房子與家中的家具就得花上更多人的心血，而我妻子的裝扮則需要花上五倍的心血。」

我接下來告訴他，有另外一種人是靠著照顧病人維生。我曾在幾個場合中告訴主人我多名船員病死，不過需要煞費苦心才能讓他理解我所說的意思。他能輕易理解慧駰寧死前幾天，或是因意外而傷到四肢時，身體會變得虛弱而沉重，然而追求完美的大自然，竟會放任我們的身體產生苦痛，使他不可置信，因此想知道究竟是什麼原因，造就如此匪夷所思的邪惡。

我告訴他，我們會吃下成千上千種效用會相互牴觸的食物。我們有時會在不飢渴的時候進食、啜飲，有時喝通宵的烈酒，卻不吃半點食物，這讓我們精神渙散、身體發炎與消化不良。猝虎妓女染上某種疾病，讓那些落入她們懷抱的人骨骼腐爛，還有許多遺傳性疾病，因此許多人打從出生就體弱多病。如果一五一十地列出所有對人體有害的疾病，少說也有五、六百種，而且遍布四肢百骸。簡單來說，人體內外的每個部位都有相對應的疾病。為了治癒病症，我們培養一群人，以治病或是佯裝治病為業。而我在這方面有些本領，為了報答主人的恩德，我將他們如何治病的秘辛與方式全盤托出。

「治病的基本原理：所有疾病的起因都是過量，因此結論為必須對身體進行大掃除。不論是經由自然通道或是上面的嘴巴。接下來是從藥草、礦物、膠體、油脂、貝殼、鹽巴、果汁、海草、屎、樹皮、蛇、蟾蜍、青蛙、蜘蛛、屍肉與屍骨、鳥類、獸類與魚類著手，盡可能地調配出某種不論是味道或氣味都最令人厭惡、噁心與可恨的藥劑，服下後胃立刻感到不適，這情況被他們稱之為「嘔吐」。或者在相同的原料中加入其他的有毒物質，依照醫生當時的意願，命令我們從上面或下面的孔洞灌入。這藥劑同樣會引起腸子不適，並放鬆胃部，把之前吃的所有東西，從下方排出體外，他們稱做為『淨化』或是『灌腸』。醫生宣稱，大自然有意讓前面、上面的洞只能吞下固體與液體，後面、下面的則是用來排泄。這些大師絞盡腦汁，認為所有疾病皆是因為大自然失調引起的，若想要回歸正常，就該對調上下兩個洞的功用，從肛門硬塞入固體與液體，從嘴巴排出。」

「不過除了真正的疾病以外，我們也常染上不少想像出來的疾病，因此醫生發明了想像療法。這些疾病都有各自的名稱，也有各自適用的藥品。而我們的女犽虎老是感染這些疾病。」

「醫生一族有個通天本領，那就是預知，而且鮮少出錯。若真正的疾病惡化到一定程度，他們通常會預測患者將面臨死亡。也許他們無法讓病人康復，但一定能置人於死地。若他們宣告患者已病入膏肓，而患者的病情卻出人意料有所改善，為了不被世人指控為假先知，他們知道正確的致死劑量[2]，得以向世人證明自己精確無誤。」

「這種治療方式，對於厭倦配偶的夫妻、長子、國家權臣以及君王（通常是針對王儲），也同樣適用。」

我之前已經在某個場合與主人大致談論過政府的本

質，特別是我們那卓越不凡的憲政，的確值得全世界讚嘆與稱羨。不過我在這裡曾經偶爾提及一位「大臣」，於是一段時間後，主人命令我告訴他，那名我特別指名的犽虎，又是什麼品種。

我告訴他：「我想描述的是『首相』，是個徹底排除喜樂、悲愁、愛、恨、憐憫、憤怒的生物，只汲汲營營於財富、權勢與爵位，對其他事物不存有任何熱忱。他所說的話法力無邊，但他卻不會表露自己的想法。當他講出實話時，有意讓其他人當作是謊話；當他講出謊話時，則計畫使人相信這是實話。被他暗地裡大力毀謗的人，必然升官發財；被他背地或當面稱讚的人，從那天起，必然是要倒大楣。其中最糟的情況是獲得他的承諾，特別是那種他再三掛保證得承諾，這時聰明的人就會知所進退、不期不待。」

「要爬到首相的位置有三種方法：第一種為知道該如何老奸巨猾，除掉自己妻子、女兒、姊妹；第二種，在前任首相背後捅他一刀，或是挖他牆角；第三種，在公眾集會中，義憤填膺地大肆批評朝廷的腐敗。由於這些狂熱的信徒總是極其奉承、伏首於主人的意志與狂熱，因此聰明的君王寧可選用採取第三種做法的人。這些首相掌握所有大權，靠著賄賂參議院或樞密院的多數成員，維繫個人權勢，最後再利用被稱為『赦免法案』的權宜之計（我在此向主人講解這法案的性質），免於遭受秋後算帳，最後捲走國家公款，從群眾面前銷聲匿跡[3]。」

「首相官邸是培養這行的溫床，從侍從、奴僕與守門者開始，藉由模仿主人，成為各自『朝廷』的『大臣』，並學習精通為官之道的三大元素——傲慢、說謊與行賄。因此他們身邊有著上流人士分配給他們的下屬，其中有些人藉由機敏的手段與無恥的行徑，漸漸提升地位，最終繼承主人的權力。」

「首相經常受到腐敗的情婦或寵幸的隨從控制，任何的利益輸送都得透過這些中間人進行交易，因此說他們是『最終手段』或是王國的實質統治者完全不為過。」

主人曾聽我提及我國的貴族，有天興致一來便美言我幾句，使我愧不敢當。他說他確信我出身貴族世家，因為我的形體、膚色、整潔度，使這國家全部的犽虎難以望其項背。儘管我看起來不夠強壯、靈活，但這一定是基於我的生活方式與其他野獸有所不同。此外，我不只具備語言能力，更具有理性的雛型，因此他認識的朋友都認為我是奇才。

他要我觀察慧馬國中的馬，分別有白色、栗色、鐵灰色的；以及棗紅色、灰色、黑色的。後者在外觀上與前者不完全相同，心智的天賦或自我精進能力也有所落差，因此始終是僕人階級，全無在同類中出類拔萃的希望，要不然在這國家中會被認為特立獨行、違反自然。

我畢恭畢敬地感謝主人對我的器重，但我也向他坦言自己並非貴族出身，父母只是平凡、誠實的人，僅能為我提供尚可接受的教育，而我們的貴族與他所想的大相逕庭。我們年輕的貴族自幼就習慣怠惰與奢侈，隨著年齡增長，只是虛耗活力，縱身於荒淫的女人之中，染上惡疾，並在傾家蕩產之際，為了錢財迎娶出生顯赫、惹人嫌惡、身體虛弱的女人為妻，卻憎恨與輕視她們。這種婚姻生出的孩子通常都體弱多病、東倒西歪或是畸形，因此家族不到三代便絕後，除非妻子花費心思，在鄰居或家僕中找尋身體強壯健康的父親，藉此改善問題與繁衍後代。衰弱多病的身體、消瘦的臉龐與蒼白的臉孔才是貴族血統真正的標記，健壯的外觀反而受到貴族的鄙視，因為全世界會質疑他真正的父親可能為男性僕人或者車夫。身體殘缺隨後帶來的是心靈上的殘缺。因此貴族就是將壞脾氣、遲鈍、無知、善變、縱慾與傲慢等貶義詞集於一身的象徵。

然而，沒有獲得這個顯赫集團同意，任何法律都窒礙難行、無法廢除或修改。這些貴族可以任意處分我們的一切財產，我們則沒有任何上訴的機會[4]。

註解

1 霍克斯沃斯提到，這段敘述所引發的酒醉想法，與一般所構思出的表達方式大相逕庭。但我們無法苟同霍克斯沃斯的說法。這段描述關於酒精中毒所造成的影響並沒有誇大，至少作者並沒有過度渲染。在斯威夫特的年代，即使是社會地位較高者，仍廣泛地視酒精為罪惡。當代作家李察・斯提爾說：「我們年輕紳士，特別是與長子只有一步之遙者，常做的消遣就是喝酒。」又補充說：「放蕩不羈時常帶來致命的邪惡，總是讓人無法認同。」波頓列舉醉漢所犯下的惡行惡狀，簡直比斯威夫特筆下的更加可悲。

2 斯威夫特抨擊醫師的力道幾乎與批判律師時相當，並似乎對這兩種職業沒多少好感。他在《雜談》(*Thoughts in*

Various Subject) 中提到：「醫生不應表明他們的宗教觀點，就像屠夫不能擔任陪審人員，決定該判生判死。」我們須承認，斯威夫特的時代有許多江湖郎中與冒牌貨，讓榮譽又不可或缺的醫生一職身敗名裂。

波頓老掉牙地說：「當我們遇上極端困境時 (大多為醫療問題)，我們能求助與信賴者，首先是上帝，再來是稱做上帝之手 (Manus Dei) 的醫生。上帝賦予醫生知識，讓他能透過奇妙的能力獲得榮耀。」當時有許多作家探討醫生議題，特別是醫生之中的不適任者。他們批判的力道不亞於斯威夫特。

愛迪森稱醫生為最可怕的一群人，並說：「光是看到他們，就能讓一個人坐立難安。我們能將這現象寫成格言：『當一個國家的醫生蓬勃發展時，人口就會減少。』我們國家裡的這群人，能被形容為凱薩時期的不列顛軍。有些人騎乘戰車，有些人是步兵。如果步兵殺敵數不如車兵，是基於他們無法快速前往城鎮的任何區域，無法在短時間內做這麼多事情。此外，這群人不只是正規軍，有些成員是散兵，沒有經過正式的註冊與招募，只要有人不幸落入他們魔掌，就會遭遇他們永無止盡的惡行。」另一名作家向我們保證：「約二十年前，只要走在路上就一定會被強塞醫生的廣告傳單，宣傳有醫生已悟得綠龍與紅龍的知識，並發現了女性卵子。」

以往濫用藥物十分常見，因此成為斯威夫特諷刺的對象。他在一份幽默諷刺的研究中，探討醫生與公民之間的優先權，因此以諷刺的論點作為總結：「醫學的進展比人體更遠，用於舒緩多數的精神失常。經過多次自我實驗，而且從未出錯，因此我能在此保證。這些實驗都是經由德高望重的教區主管的指示。他確實是一名優秀的神職人員，又是一名妙手回春的醫生，不過宗教上的造詣還是比較高。這位好人時常用催吐劑按捺我的良知，用甜酒或振奮劑驅散我內心的煩惱，靠著放血，治好我突如其來的愛意勃發，靠著穿堂的刺骨寒風去除我的怒火與復仇之心。這些與其他案例都說服我，只要透過肉體與心靈的結合，醫生就能以物理方法治療我的心靈。我全然相信這些療法，我從未見過任何可憐人因此死亡，但我憐惜那些死去之人從未遇上好醫生，好治癒他身體上蠻橫的病痛。」

3 斯威夫特對政治大失所望，傾盡全力地以尖酸刻薄的文筆寫出這段描述大臣的段落，以及報復那些看輕他的人。斯威夫特有可能藉由描寫大臣說謊成性，影射華頓伯爵湯瑪士。斯威夫特似乎對他恨之入骨，並於此處毫不留情地批判他。斯威夫特在《檢驗者》第十四期中，評論政治謊言時寫道：「當我們描寫人類的美德與罪孽時，不論是哪篇文章，都能輕易提出幾位卓越人士，並以他們作參考。我全然察覺了這項原則，此時此刻，我想起有位人士以這項才藝聞名，並且絃歌不輟，在二十年來，享譽英格蘭最具事務管理手段之巨擘。」斯威夫特與政客長期交流，因此沒幾個人比他更有資格，作出確切的定論。對此，斯威夫特的成見從未影響其判斷。一七二〇年一月，斯威夫特寫了一封舉世聞名的信給波普，呈現重大的政治知識、對英國憲政的認同，以及對理性自由的熱愛，因此寫下自己對大臣的評論：「我在閒暇之餘，與各黨各派的大臣談話，他們的人數比我這階級通常會往來的對象更多。針對他們作為大臣的能力，我坦承自己認為他們熟知其他人無法恭維之事務，或是比其他人更加愛慕虛榮與野心勃勃。」

4 就像《大人國遊記》中，斯威夫特諷刺地將所有美德歸於英格蘭的貴族，他在此處也同樣公開表示那些罪惡出於貴族階級之人，特別是從其健康與地位中透露這些線索。斯威夫特透過這兩點，暗示這種政體並不適於審理任何法律案件的最終訴訟。

第七章
英國見聞錄

〔本章描寫格列佛對母國的熱愛。主人依據格列佛的敘述，提出對英國憲政與行政的看法，並舉出相似案例作比較。本章亦描寫主人對人性的看法。〕

讀者或許不禁感到奇怪，我為何能說服自己如此泰然自若地描述自己的同族。畢竟慧駰寧已認定我族與犽虎之間全然相同，由此產生對人類最惡劣的看法。不過我必須坦承，這些懷珠抱玉的四足動物，正好映照出人類的腐敗，讓我大開眼界、增廣見聞，使我開始用迴然不同的眼光審視人類的行徑與狂熱，認為自己同族的榮譽根本不值一提。除此之外，主人的判斷十分精確，每天都能讓我發現自己以往罄竹難書的錯誤，由於這些錯誤在我們人類之中算不上是缺點，因此我先前完全沒注意到。在主人面前，我試圖隱瞞的一切都無所遁形。我也以他為典範，學會痛恨虛偽或是偽裝，而真理對我來說是如此可親，因此我下定決心要為真理赴湯蹈火，在所不惜。

容我如此坦然面對讀者，坦承自己的動機有多麼強烈，所以才用這麼坦白的方式呈現出這些事物。來到這國家不到一年的時間，我就已經深深愛上這裡的居民，並且崇拜他們。我決定不再回到人類世界，要陪同這些可敬的慧駰寧共度餘生，學習並實踐他們所有的美德，因為這裡沒有罪惡的先例可供模仿，亦無誘因會煽動我鑄下惡行。然而在我死敵——命運之神的譜寫下，我注定無福享受。不過，現在回想起來，心中略感寬慰，講述國人時，我居然敢在如此嚴厲的檢驗者面前盡力為他們的過錯說情，盡可能地在所有事情上，將局勢導向有利的一方進行發揮。畢竟只要是生物，誰不會偏袒自己的家鄉？

我有幸追隨主人的大半時間中，曾與他多次對談，內容的主要部份也已經在此講述過，不過為了節省篇幅，我刪減的內容比寫下來的多。

我回答完他所有問題，似乎完全滿足他的好奇心後，有天清晨，他呼喚我，命令我在離他一段距離處坐下，這是我受過前所未有的恩寵。他說一直以來，他都很嚴肅地思索關於我以及我國的整個故事。在他眼中看來，我們不過是某種動物，不知道為什麼，湊巧擁有一絲理性，然而我們沒藉助其功、使用於正途，反而使本身的腐敗更為惡化，並習得非天性的全新腐化方式；更甚者，我們捨棄部分天性，並且成功壯大了我們的原始慾望，彷彿終其一生都在用自身的發明，徒勞地填補這些慾望。至於我自己，很明顯不具備普通犽虎的力氣或靈巧，只用後腿走路，看起來搖搖晃晃的，設計出來的東西剝奪了爪子的用處與防禦能力，剔除長在下巴上的毛髮，也奪去它原先防止日曬雨淋的功能。最後，我既跑不快，也無法像他所謂「這個國家的犽虎」一樣爬樹。

我們的政府與法律機構顯然就是因為我們的理性匱乏，導致德行敗壞而出現，而理性動物只需要理性，就足以治理。因此主人從我對自己同胞的描述中，察覺到我為了袒護他們，隱匿不少細節，而且常常「所言不實」，並認定我們不具資格自稱為理性動物。

他對這看法非常有自信。因為他觀察到，我身體的各項特徵都與犽虎無異，除了我的力氣、速度、行動力、爪子長度以及部分與自然無關的部分，都差這些犽虎一截；相形之下，我的條件更加不利。從我表現出的生活方式、禮儀與行為中，他發現我們的想法非常相似。他說犽虎彼此憎恨的程度遠勝其他動物，並以此聞名，原因通常是牠們身形醜陋。而牠們看得到其他同類身上的醜態，卻對自己的視若無睹。於是他開始認為我們覆蓋自己的身體是明智之舉，因為這樣能遮掩自己身上的醜態，以免顯得不堪入目。然而不久後，他發現自己錯了，因為他們國家裡的犽虎爭鬥的原因與我們相同。他說若是將份量夠讓五十隻犽虎吃的食物，丟給五隻犽虎食用，他們不會心平氣和地吃，反而彼此爭得你死我活，因為每隻犽虎都想獨吞，因此在戶外餵食犽虎時，通常需要派遣一名僕人，在一旁緊盯著，室內的犽虎也需要綁好，彼此相距一段距離。若是有牛因為年邁或意外亡故，在慧駰寧幫自己的犽虎取回之前，鄰近的犽虎就已經開始成群結隊，前來搶奪，並且引發我講述過的戰鬥，用爪子在對方身上留下血淋淋的傷痕，不過牠們沒有那些我們人類發明能輕易殺人的工具，因此鮮少能殺死對手。其他時候，有些鄰近區域的犽虎儘管沒有任何明顯的理由，也會大打出手，他們對其他地區的同類虎視眈眈，逮到機會就對其發動攻擊。若計劃失敗，牠們會打道回府，為了打架而找個同伴攻擊，展開我所謂的「內戰」。

這國家的某些田野裡，能找到一些五彩繽紛、金光閃閃的石頭，深受犽虎熱愛。有時候這些石頭卡在地面上，犽虎就會用爪子挖上好幾天，將石頭拿走，一堆一堆地藏匿在窩中，並小心翼翼地東張西望，害怕寶物被同伴發現。主人說他總是猜不透為什麼犽虎會有如此有違自然的怪癖，以及這些石頭對犽虎究竟有何用處，不過他相信這可能和我所描述的人類貪婪是同一個道理。曾有一次，主人為了實驗，私下將一堆犽虎窩中埋藏的石頭搬走，這隻貪婪的動物發現自己的寶物不翼而飛時放聲哀嚎，引來整群的犽虎，他當著同伴的面聲嘶力竭地嚎叫，然後開始撕咬、攻擊他們。之後日漸憔悴，變得茶不思飯不想、輾轉難眠、無心工作，一直到主人命令僕人私下將石頭埋回原地。當這頭犽虎發現後，立刻恢復精神與脾氣，他仍小心翼翼地將石頭移到更隱密處，自此變成非常聽話的家畜。

我的主人進一步向我保證（而我自己也看得出來），只要田裡有很多這種光彩奪目的石頭，就容易使鄰近地區的犽虎侵門踏戶、引發最激烈的鬥爭。

主人說，當兩隻犽虎在田裡發現一塊這種石頭時，便會開始相互爭奪，第三隻犽虎則會奪得漁翁之利，這已是司空見慣之事。主人硬生生地認為這與我們的法律訴訟有雷同之處，我則認為不要向他揭露真相，對我比較有利，因為他提及的判決比我們很多的判決方式合宜不少：犽虎的原告與被告只失去那顆石頭，但我們的民事法庭非得讓雙方都一無所有，才得以結案。

主人繼續高談闊論，說道：犽虎最惹人厭的就是牠們無底洞般的食慾。只要東西放到眼前，無論是草、樹根、漿果、動物的腐肉、或是全部混在一起，牠們都會直接吞到肚子裡。犽虎的個性怪異，明明家中已經準備了上好的食物，仍喜歡從遙遠的地方搶奪。若打獵的收獲份量足夠，牠們會無止盡地暴飲暴食，吃到肚子脹到快炸開時，再用大自然中的某種樹根來幫助自己排泄。

還有另一種樹根，非常多汁，但數量稀少，不易發現。犽虎迫不及待地尋覓這種樹根，並高興地吸吮著。這種樹根的功用類似我們的酒，會讓牠們時而互相擁抱，時而大打出手。飲用過後，牠們會嚎叫、竊笑、喋喋不休、走路踉蹌、跌跌撞撞、接著倒在爛泥裡呼呼大睡。

我也確實發現，犽虎是這國家唯一會生病的動物，然而遠比我們的馬更不容易生病。這種病並非遭到不當待遇所致，而是源自於這些這些骯髒的野獸本身藏汙納垢與貪得無厭。另外，該國語言對這些疾病只是泛稱，取自於這野獸的名稱，像「赫尼犽虎」，也就是「犽虎之惡」。治療的處方則是將他們自己的屎與尿混在一起，再強迫犽虎灌下喉嚨。據我所知，這個療法常有功效，為了公共利益，我在此強力推薦給各位國人，作為特效藥，治療這個種族因為過量導致的疾病。

至於學問、政府、藝術、製造業與其他的事物，主人坦承看不出這國家的犽虎與我國的有任何相似處，因為他只留心觀察我們本性中有何相似之處。他確實聽說過，有些好奇心旺盛的慧駰寧觀察到，大部分的犽虎群落中都有一隻像是領導者的犽虎，就像是我們國王的狩獵場中，有隻領導的或是主要的雄鹿一樣。這隻犽虎的身軀總是比其他同類更加畸形，個性也更怪異。這隻首領在找寵信的犽虎時，都會盡可能找與自己相似者。受到寵信的犽虎工作內容為舔主人的腳與屁股，將女犽虎趕至主人巢穴中，有時能因此獲得一塊驢肉當作賞賜。整群犽虎都很痛恨這隻被寵信的犽虎，為了自保，牠總是緊貼主人身邊。牠通常能保有這個職位，直到出現比牠更惡劣、更不擇手段的犽虎，到時牠就會立刻失寵。繼任者會召來領地內的所有犽虎，在這位前輩身上拉屎，讓牠全身從頭到腳都沾滿糞便。至於這種方式能不能適用於我們朝廷中的大臣，主人說我心知肚明。

對於這種惡質的暗示，我不敢作任何回應。主人居然將人類的理解力看得比普通獵犬還低，因為就連獵犬都有足夠的判斷能力，分辨獵犬族群中哪一隻狗最具有能力，並追隨牠的嚎叫，從未出過任何差池。

主人告訴我，幾乎不曾聽我提起人類身上具有犽虎的特質。他說那些動物就像其他野獸一樣，分為雌雄。不同處在於，母犽虎在懷孕時，會允許雄性親近，導致雙方的爭吵與打鬥，凶暴程度不亞於公犽虎之間的爭吵與鬥毆。這種爭吵、鬥毆都十分殘忍，因此惡名昭彰，其他稍微有些理性的動物是不可能有這種表現的。

另外一點讓他覺得奇怪的是，牠們喜好骯髒，而其他動物的生性全都喜歡乾淨。對於前面的兩項指責，我很樂於接受，因為我說不出任何話替同胞辯解。要不然依照我的個性，一定會辯解到底。但是對於最後一項如此特別的指責，若這個國家有豬隻的話，要替人類辯護簡直是輕而易舉；不幸地是，這裡沒有半隻豬。比起犽虎，豬確實可能更加討喜。但主人若看過飼養牠們的方式有多骯髒，以及牠們在爛泥裡打滾與睡覺，也一定會認為牠們的骯髒更勝犽虎。

主人又提到了另一個僕人們從某些犽虎身上發現的特徵，這個特徵對他來說非常莫名其妙。他說，犽虎有時候會縮到角落躺下，接著開始嚎叫與呻吟，趕走接近他的人；然而牠年輕力壯，衣食無缺，因此僕人們都想不透牠到底罹患了什麼疾病。他們唯一找到的治療方式，就是讓牠去做苦差事，之後牠就會恢復如初，屢試不爽。關於這點，出於對自己同胞的偏袒，我默不吭聲，但我在此發現這壞脾氣真正的病根。這個疾病只會影響怠惰、奢華或有錢的人，只要讓他們接受一樣的療程，我保證藥到病除。

主人更進一步發現到，雌性犽虎常常站在土丘或灌木後面，盯著走過的雄性年輕犽虎，接著現身，再躲起來，並擺出許多奇怪的姿勢，弄出怪異的表情，同時發出噁心刺鼻的惡臭，若有任何雄性犽虎上前，就會欲擒故縱，緩緩向後退，不時回頭看一下，裝出害怕的模樣，再跑到某個方便的地方，因為牠知道雄性犽虎一定尾隨在後。

其他時候，若是有陌生的母犽虎來到牠們之中，便會遭到三、四隻母犽虎團團包圍，不斷地盯著牠看，彼此竊竊私語，咧齒而笑，將牠全身上下聞過一遍，接著再以看似鄙視、厭惡的高傲姿態離去。

主人依自己的觀察，或是聽其他朋友所講的傳聞後對犽虎做出的推測是有點過分，不過回想起來，我不得不驚嘆並感到悲哀，原來女性天生就具有如此荒淫無道、玩弄感情、三姑六婆、流言蜚語的本性。

我無時無刻都預期主人去指責那些對於兩性都有不自然之癖好的犽虎。這些癖好在我們人類之中也很常見。不過我們的天性似乎不是一位稱職的教師，因為這些比較文雅的消遣，在地球上我們身處的另一處，全然是藝術與理性的產物。

第八章
慧駰寧教育與政治

〔格列佛鉅細靡遺地描述犽虎、慧駰寧崇高的美德、年輕慧駰寧受到的教育與訓練，以及慧馬國的全國代表大會。〕

我對人性的瞭解應該比我的主人清楚不少，因此能輕易地將他對犽虎性格的見解套用到我自己與同類身上。我也相信能透過親自觀察，發現更多事情。因此我懇求主人讓我進入附近的犽虎群體之中，而主人總是恩准，因為他深信我對那些野獸的憎恨，使我不至同流合汙。他命令一名身為僕人擔任我的護衛，就是那匹誠實、善良、健壯的栗色小馬。少了他的護衛，我沒那個膽量冒險。我已經告訴過讀者，在我剛抵達這個國家時，曾經遭受到那些惡劣動物的騷擾，之後我因為偏離道路，也沒攜帶配劍防身，有三、四次差點落入牠們的魔掌。而我也有理由相信，牠們認為我是同類。為了做出區分，身邊有護衛時，我會拉起袖子，露出赤裸裸的手臂與胸膛讓犽虎們看。這時牠們會壯起膽子，盡量靠近，並像猴子般模仿我的動作。這情形就像是受到馴化的寒鴉穿著帽子與襪子，碰巧遇上野生的同族時，總會受到迫害。

犽虎自嬰兒時期的反應就非常靈敏。有次我抓到一隻三歲大的犽虎，並用盡全力，溫柔地想讓牠安靜下來，然而這小搗蛋鬼卻大哭大鬧，瘋狂亂抓、亂咬，我只好放手讓牠離開，所幸時機恰當，當時已經有整群的成年犽虎聞聲而來，見到牠們的孩童安然無恙（因為牠早就溜之大吉了），以及在我身旁的栗色小馬後才決定不貿然接近。我發現這小動物的身體惡臭難耐，臭味介於黃鼠狼與狐狸之間，不過更為難聞。我忘記描述另一個場合（若我完全省略，隻字不提，或許讀者還會原諒我），我將那討厭的小臭蟲抱在手中，這時牠居然拉出又稀又黃的糞便，沾到我全身的衣服，幸好附近剛好有條小溪，讓我可以洗淨衣物與身體。在身體跟衣服曬乾前，我完全不敢在主人面前現身。

根據我的發現，犽虎似乎是所有動物中，最無法教化的，他們的能力也只能用來拉或扛重物。不過我認為這項缺點的主因是牠們性情的偏差與焦躁，和牠們狡詐、惡毒、奸詐又愛記仇的天性。牠們身強體健，卻心靈懦弱，因此變得傲慢無禮、卑躬屈膝卻也殘酷無情。從觀察中得知，不論雌雄，紅色毛髮的犽虎最淫蕩、惡劣，體力與行動力也遠勝其他犽虎。

慧駰寧將犽虎安置在房屋附近的小屋當中，方便隨時使喚，其他的則送到田裡，讓牠們挖樹根、吃各種的野草、找尋腐肉，有時候也會獵捕黃鼠狼或是一種稱為「魯希姆」的野鼠，一旦抓到了，就會狼吞虎嚥地吃下肚。大自然教牠們用指甲在地面隆起處的側邊挖洞，犽虎們便獨自睡在裡面。通常雌性犽虎洞穴會大一點，方便額外容納兩、三隻小犽虎。

犽虎自幼能像青蛙一樣游泳，能在水中待上很長一段時間，並常常在水中抓魚。母犽虎將捕到的魚帶回家中，給年幼的犽虎吃。說到這裡，我希望讀者允許我講述一次特別的冒險。

有天，我在栗色小馬的護衛下出門，當時烈日炎炎，我請求他讓我在附近的河中洗澡，而他也答應了，於是我立刻脫的一絲不掛，緩緩地走進溪水之中。當時有隻年輕的母犽虎站在岸邊，目睹整個過程，隨後全力衝向我，跳進水中，離我洗澡的地方不到五碼（事後我與栗色小馬推測她當時應該是慾火焚身）。我這輩子從來沒遇過如此駭人的事情，當時小馬不認為會出什麼差池，於是在一段距離外吃草。母犽虎以最令我反感的方式抱住我，我用盡全力大喊，小馬聽到後全力奔馳而來，母犽虎見狀，心不甘情不願地放開我，跳到對岸。在我穿上衣服時，她站在那裡，目不轉睛地盯著我看，並不斷嚎叫。

這件事情成為主人與他家人間的笑柄，不過這讓我備受屈辱，因為我再也無法否認自己從頭到腳都是隻貨真價實的犽虎。母犽虎出於本性，對我的愛慕就像是對同類一樣。而這頭野獸的毛髮不是紅色的（否則就能作為理由，解釋這個有些異常的癖好），而是如刺李般的烏黑色，面貌也不若其他犽虎來得猙獰，我想她應該不超過十一歲。

我已經在這國家生活三年了，我想讀者應該會期待我像其他作家一樣，描述該國家住民的風土民情，而這也確實是我最想學習的。

這些高貴的慧駰寧與生俱來便喜好所有的美德，完全不知道理性生物會有任何的邪惡，因此他們主要的座右銘就是：培育理性、順服理性。理性之於他們並不像之於我們一樣，是個有問題的論點，例如：我們人類可以在問題的正反兩個面上爭論不休，而且各有各的道理，但是理性能立即讓你信服，因為理性一定不會受到情緒與利益的糾結、蒙蔽或是影響。我還記得，自己費盡心力，終於讓主人明白「意見」這個詞彙的意思，或是如何針對某個論點進行爭辯，因為理性教育我們，只能肯定或否定自己確定的事，若是超出我們的知識，就不能妄加議論。因此有誤或存疑的問題所引起的爭議、爭論、辯論和斷言，都是慧駰寧無法理解的邪惡。相同地，當我向他解釋我們的自然哲學系統時，他就會嘲笑我們這些自稱有理性的生物，居然自吹自擂，以為自己能推知他人的猜想與其他知識，即使知曉，也沒有實質助益。

這點他完全同意柏拉圖所轉述的蘇格拉底想法。我提到這點，是為了向這位哲學家君王致上最高敬意。自此之後，我時常反省，這樣的教義會摧毀多少歐洲的圖書館，又會砍斷多少學術圈內的爭名逐利之道。

友誼與慈悲是慧駰寧的兩大美德，並不侷限於特定對象，而是遍及全族。因此，無論是來自遠方或鄰國，每匹慧駰寧都受到相同的待遇，不論身在何處，都有如處於自家之中。他們奉行體面與文明，渾然不知何謂繁文縟節。他們不會溺愛自己的子女，對子女教育的用心全然遵照理性的指示。我觀察主人對鄰居孩子所表現出的情感，與對自己的孩子如出一轍。他們遵循大自然教導的愛屋及烏思想，區分彼此時，奉理性為圭臬，並以超群的美德為標準[1]。

母慧駰寧生下子女各一名後，就不再陪伴配偶，除非意外喪子，不過這也鮮少發生。若真的發生，配偶就會再次會面，若意外發生在超過生育年齡的母慧駰寧身上，其他夫婦就會將自己其中一名子女交給他們，這名孩童將會伴隨這對夫妻，直到妻子懷孕為止。而這種謹慎對於防止國家人口過剩、造成國家負擔是必須的。不過生來擔任僕役的劣等慧駰寧，就不會這麼嚴格，可以生下子女各三位，擔任貴族家中的僕人。

當他們結婚時，會非常謹慎地挑選顏色，以免生出任何不良配色的子嗣。男性最看重力氣，女性最看重美麗，不為愛情，而是為了保持品種優良，以免一代不如一代。若母親已夠有力量，則會選擇清秀的父親。

他們的思想裡沒有求愛、愛情、聘禮、寡婦財產繼承權或是協議財產這些觀念，語言中也沒有表達這些觀念的詞語。年輕慧駰寧的相遇與結合，都只是受到父母與友人的指定，對他們來說十分稀鬆平常，而他們也視之為理性動物所須採取的必要行動。違背婚姻或是其他的不忠不義之事都是前所未聞的。配偶間的相處模式，就像是對待其他同類一樣地友善與相親相愛，共度一生，沒有任何忌妒、癡心、爭論或不滿。

他們教育年輕男女的方式十分高超，值得效法。十八歲前，除了特定日子，其他時候一粒燕麥也不准吃，也鮮少喝牛奶。夏天早晨時，在外面吃兩小時的草，晚上也同一樣。父母們也會遵守這樣的規矩，不過僕人吃草的時間不能超過他們的一半，他們將大部份的草帶回家中，好讓他們在不用工作、最方便的時間食用。

節制、勤奮、訓練與整潔是給予年輕男女的箴言。主人認為我們給予女性的教育除了家庭管理外，其餘與男性截然不同很是過分。他確切觀察到，我們一半的同胞除了繁衍後代外毫無用處。他說，將孩子交給如此無用的動物照顧，更是強而有力地證明了我們的獸性[2]。

慧駰寧透過讓孩子們在岩石峭壁上攀爬，或是在堅硬的石頭路上跑步鍛鍊他們的力氣、速度，和堅忍不拔的精神。還會在他們汗流浹背時，下令他們一頭跳進池塘或河流中。一年四次，某些地區的年輕慧駰寧會齊聚

每隔四年的春分時節，會舉辦全國代表大會

一堂，展現他們奔馳與跳躍的能耐，以及卓越的力氣與敏捷。優勝者會獲得一首讚美他歌曲作為獎賞。在這個慶典中，僕人會將一群身上扛著稻草、燕麥與牛奶的犽虎趕到會場，提供慧駰寧饗宴所需的飲食。放下物品後，犽虎便馬上被趕回去，以免破壞大會的興致。

每隔四年的春分時節，會舉辦全國代表大會，集會地點在離我們房屋約二十英里處的平原上，並會持續五、六天。集會期間，他們會諮詢國情與各地區的狀況，乾草、燕麥、牛隻或者犽虎是否充足無虞，若有任何地方出現短缺（這情況很罕見），馬上經由全體的同意與奉獻補上匱乏之處。子女的調度也是在這裡進行，舉例來說，生兩個兒子的慧駰寧就會以其中一子跟生兩個女兒的慧駰寧交換一名女兒；因為意外失去一名孩子，且已經超出生育年齡的母親，於會中會決定由哪個地區的哪戶人家多生一胎，來幫忙補足空缺。

註解

1 讀者不禁感受到，斯威夫特此處讚嘆舉世的友誼與慈悲可能會實現，不過沒有太多吸引力，也不值得推崇。無庸置疑地，人們想獲得這種博愛，也無時無刻地掛在嘴邊。然而這種偉大的情操會削減各式各樣、各種程度的愛，從最熱烈的愛到最輕微的自滿，我們對待疏遠的陌生人與愛緊密的血親無異，徒留純粹的美德，而罪惡僅是不存。若道德世界變成如此境地，將變成一個缺乏歡笑的可怕世界，就像物質世界的廣大平原一樣，沒有隆起的高山，也沒有凹陷的深谷，可以作出區隔，沒有森林作裝飾，沒有水作滋補，沒有光與影，沒有冷與熱，沒有四季變化，沒有事物能引起我們的反應，激發我們的情感，或是讓我們的生命變得津津有味。

然而，我們得承認由於斯威夫特賦予慧駰寧如此天性與特質，必然會導致此一狀態。他完全剝奪了這虛構生物的人性，幾乎無法與人類相提並論，因此就算未徹底破壞，他也大大地削弱了想傳達的道德觀念。我們難以想像同樣服從理性指示的慧駰寧，彼此間的美德是否有上下之分。我們也得說明，斯威夫特讓理性的野獸超越理性的人類；但就某方面而言，卻也將現實中理性的人類貶得比不理性的野獸更低，因為野獸愛自己的子嗣遠勝於愛其他人的孩子，甚至願意犧牲自己生命保護自己的孩子。

2 當時不論男女教育，都有重大瑕疵，因此吸引斯威夫特的注意。他寫了一份有趣的短論，探討男性的教育，也就是《現代教育論》(*An Essay on Modern Eduction*)，熱切地替傳統教育的必要性發聲。可惜的是，他從未完成《女性教育論》(*The Education of Ladies*) 文中探討當時爭議性的問題，也就是「找老婆時，是否該小心翼翼地挑天性善良、具備一些機智、幽默的人；其充分精通其母語；能閱讀與欣賞歷史、遊記、道德或娛樂談話，還堪評論詩詞之美。」

我們能從他寫給一名年輕女士、談論她婚姻的信中，在一定程度上得知他對這個議題的看法。談論到她身邊有學者相伴時，斯威夫特說：「如果他們談論到幾個歐洲王國的風土民情；談論到旅行至遙遠的國度；談論到自己國家的狀況；談論到希臘、羅馬的偉人與豐功偉業；如果他們談到他們的見解，不論是針對英國、法國的詩人；針對他們的詩作或散文；針對美德與罪惡的性質與侷限，而這位英格蘭女士居然無法享受這些談話；無法因此精進自我；無法透過閱讀與資訊，努力讓自己能在這些消遣中，得到一席之地；只是一如往常地轉到一旁，開始與坐在隔壁的女人談論新的一批扇子，那真是可惜。」

愛迪森在《衛報》刊登一篇研究，寫道：「我常常好奇，為什麼大家認為有權有勢的女人不適合學習，明明她們可以精進心智，就像男性同胞一樣。為什麼不能用同樣的方式教育她們？為何女性的理性被棄而不顧，男性的理性卻受到百般呵護，加以訓練？」之後他提出幾個高明的理由，支持女性接受高等教育。

第九章
慧駰寧面面觀

〔本章敘述慧馬國全國代表大會上的辯論大會，以及大會的決議；另外也提及慧馬國的學術、建築與殯葬方式，以及他們語言的缺陷。〕

在我待在此地的時間裡，舉行過一次代表大會，時間大概是在我離開前的三個月左右，主人代表我們這區出席。這場會議中，他們舊調重彈，因為這國家確實只有這項議題。主人在回來之後，據實地向我轉述。

辯論的議題為：是否要將犽虎從地表上徹底剷除？一位抱持贊同意見的成員提出幾項強而有力的論點，說明犽虎是大自然創造出最齷齪、有害且畸形的動物，也是最不受教、古怪與兇殘的。若沒有一直嚴加看管，就會偷偷的吸吮慧駰寧養的母牛的奶頭、殺害他們的貓咪後再吞下肚、踐踏他們的燕麥與草地，還會犯下成千上萬種恣意妄為的其他罪刑。他聽到某個傳聞，說犽虎並非一開始就存在於他們國家，而是很久之前，某座山上同時出現兩頭這種野獸。沒有人知道他們究竟是如何誕生的，可能是吸收太陽熱氣的汙土或黏液產生的，或是來自海洋中的淤泥與泡沫。這些犽虎繁衍速度極快，沒多久就出現在全國各地[1]，到處作亂。

為了剷除這些邪惡的犽虎，慧駰寧曾大規模捕獵牠們，不留下任何漏網之魚。他們消滅老犽虎，年輕的則被分配到慧駰寧家中豢養。每匹慧駰寧負責養兩隻犽虎，盡力馴化這些生性野蠻的動物，好讓牠們能夠負重拉車。

這則傳聞聽起來似乎十分真實，這些生物不可能是「殷尼亞希」，也就是當地原生物種，因為慧駰寧與其他動物都痛恨牠們。僅管說基於牠們的邪惡天性，受到憎恨是咎由自取，但若是原生動物，絕不可能受到如此程度的憎恨，卻尚未遭連根拔除[2]。這國家的居民喜歡使役犽虎，也非常輕視驢子。驢子這種動物雖然沒有犽虎那麼敏捷，但比較雅觀，容易飼養，也比較溫馴與順服。牠們沒有異味、身強體壯，足以勝任粗工。還有，驢子的聲音再難聽，也比犽虎那可怕的嚎啕聲更能接受。

其他幾位代表有著相同的想法。此時，我的主人向大會提出了權宜之計，不過這其實是參考我的故事。他同意之前發言的尊貴代表所說的傳聞，並保證最初出現的那兩頭犽虎一定是飄洋過海來到這片土地、遭到同伴的遺棄，只好隱居山林，但是隨著時間過去，漸漸墮落，最後變得比原先國家的同胞更加野蠻。他提出這主張的緣由，是因為現在他擁有一頭奇妙的犽虎，就是我。他們大部分的人都聽說過我，甚至很多人還親眼見過。

接著他提到當初是如何發現我的，我的身上覆蓋著一層又一層其他動物的毛髮，講著自己的語言，但也學會了他們的語言。我曾將向他講過自己是因意外流落於此，看過我除去掩蓋物後，全身上下是隻徹頭徹尾的犽虎，只是膚色較白、毛髮較少、爪子較短。他也提到，我努力說服他，在自己國家中，犽虎扮演主宰的理性動物，並馴服慧駰寧。他從我身上觀察到犽虎具備的所有特質，只是因為具備一丁點的理性，才稍微更加文明，但與慧駰寧相比，仍是難以望其項背。從我提及的諸多事情中，其中一件就是為了讓慧駰寧馴服，自小將牠們閹割，這種手術既安全又簡單，向野獸學習並不可恥，正如同我們從螞蟻身上學會勤奮，從燕子身上學會建築。這樣的發想可以應用在年輕犽虎身上，不只能讓牠們更加溫馴與服從，更甚者，不需要進行殺戮，就能在一個時代裡徹底消滅整個物種。同時間，建議慧駰寧應該飼養驢子，因為這種野獸在任何方面都更有價值，還有另外一項好處，那就是驢子五歲就能使喚，但其他動物要等到十二歲。

這就是大會議程中主人認為適合告訴我的所有訊息。但他卻欣然地對我隱瞞了一件與我息息相關的事，而我很快就會體驗到這件事的惡果，讀者將在適當的時機得知。從那之後，我的人生只剩一片慘澹。

慧駰寧並沒有文字，所有知識都是口耳相傳而來。因為他們團結一致，生性喜好各式各樣的美德，全然服從理性，也沒有與其他國家有任何商貿來往，這個國家鮮少發生任何事故，因此易於歷史的保存，不會造成記憶上的負擔，我已經提過，他們不容易生病，因此不需要醫生，不過他們也有良藥，由藥草製成，用於治療意外造成的瘀傷、尖銳石頭造成骹部或是腳蹄的割傷，以及幾個身體部位上的殘缺或傷口。

他們根據日月的公轉計年，不過沒有細分成週。他們熟悉那兩個發光體的移動方式，也知道日、月蝕的原理，這就是他們天文學上最高的造詣了。

在詩歌方面，必須承認他們的造詣超越所有其他的生物，譬喻連類得恰到好處，字字珠璣、十分精確，也別出心裁[3]。他們的詩作充滿這種譬喻與描述，像是時常夾敘有關友情與慈悲的高貴理念，或者頌揚競賽的勝利者，以及其他運動項目。雖然他們的建築非常粗糙與簡易，但不至於不方便，足以抵禦酷暑與嚴冬的侵害。這裡有一種樹木，超過四十歲時，根部就會開始鬆動，遇上強風就會被吹倒。樹非常筆挺，有尖刺，彷彿是綁上尖石的木樁（因為慧駰寧不知道鐵的用處）。他們將這些樹直挺挺地插在地上，左右相隔十英寸，接著在其中的縫隙編織燕麥桿或枝條，屋頂與門也是參照相同方式製作。

慧駰寧能運用蹄與骹之間的中空部位，就像我們使用雙手一樣，而且靈敏度也遠超我原先的想像。我曾看過家中的一匹白馬利用那個部位穿針引線（針線是我刻意借他的）。他們也都用同樣方式擠牛奶、收割燕麥與其他需要用到手的工作。這裡有種堅硬的燧石，慧駰寧會拿第二顆燧石來磨第一顆，製作成各種工具，作為楔子、斧頭或槌子使用。他們用這種燧石所製作的器具來收割自然生長於田野中的草料與燕麥，由犽虎用車子將收穫一綑一綑地搬回家，之後在幾個有屋頂遮蓋的小屋中，讓僕人將其踏碎，取出穀物，再儲藏起來。存放的容器是由粗糙的泥土或木頭，經過太陽烘烤製作而成。

若他們能避免意外死亡，就只會因年邁而自然離世，並深埋在最隱密的地方。親朋好友不會為逝者感到悲傷或歡喜，而即將死亡的慧駰寧不會因為即將撒手人寰而露出任何的悔恨，心情就像拜訪鄰居後要返家一樣。我還記得，主人曾為了某件重要的事情，約一名朋友與他們全家來到家裡。到了約定之日，對方的妻子與兩名孩子很晚才到，她說了兩個理由，首先是丈夫那天早上剛好「勳聞」了，這個詞彙在他們的的語言中，帶有強烈的語意，無法輕易翻譯成中文，大致意思是代表回到第一位母親身邊，意思是因為丈夫當天快中午時過世，她花了不少時間與僕人商量，該找什麼方便的地方埋葬死者，所以才這麼晚到。我看到她在我們家中表現的就像其他人一樣地歡樂。然而，她在三個月後也相繼離世。

他們通常能活到七十歲或七十五歲，鮮少能活到八十歲。死前的幾個星期，會感受到他們漸漸地變得衰弱無力，但沒有任何痛苦。這時候朋友們會紛紛前來家中探望，因為他們無法像以往那樣自由自在地出門。而到了死前大概十天（他們很少算錯），他們會搭乘由犽虎拉的一種便利好用的車子，去拜訪住最近的鄰居朋友。這種車子不只適用於這種場合，也常用於年老、出遠門與因意外跛腳的慧駰寧。即將離世的慧駰寧去拜訪朋友向他們珍重道別，就像是要前往這國家的某個偏遠角落，並計畫在那度過餘生一樣[4]。

我不確定是否值得提到這件事：慧駰寧的語言中沒有任何詞語能夠表達邪惡，除了他們假借犽虎畸形或惡劣的本性所造出來的字彙。所以當他們要表示不好的事物，像是僕人愚蠢犯錯、小孩的疏失、割傷腳的石頭、接二連三的壞天氣，或是非當季該有的天氣時，就會加上「犽虎」作修飾，像是「亨姆犽虎」、「華納赫姆犽虎」、「伊姆堆瑪犽虎」，至於設計不良的房屋就被稱為「伊霍姆摩洛霍恩犽虎」。

如果可以，我很樂意詳加講述這個卓越民族的風範與美德，但因為我想在不久後出版另一部作品，探討該主題，若想知道詳情，只能請讀者去參閱那本書。與此同時，我將繼續述說自己悲慘的遭遇。

註解

[1] 當讀者熟悉寓言故事的荒唐後，讀到慧馬國代表大會這段辯論時，就會感到十分有趣。不論是討論的主題，或是討論的方式，是否為斯威夫特影射的特定議題或人物，現在我們都難以（甚至不可能）得知，因為敘述本身不具有任何暗示能支持任何推論。

有關猢虎由來的傳說，以及他們是如何來到這個國度，無庸置疑地，是用來嘲笑各種人類創生的傳說，以及人類學家對人類移民的假設。斯威夫特知道人類與猴子有關的簡單道理，並加以利用，成為創作猢虎的靈感。不過人類是從更低等動物進化而來的理論，要等到半世紀後，才由蒙博杜領主承襲林奈的分類法所闡明，其認為人類最初是四足行走，之後才學會二足行走，就像我們在紅毛猩猩身上看到的一樣，因此宣示，等到日後紅毛猩猩學會用手以及游泳，才成為人類。

這項理論遭到霍恩嘲笑。他以非常幽默的文筆，在《西班牙燉肉》(*Olla Podrida*) 上發表一篇研究，他寫道，人類出於孩童普遍的習慣，原先都以四足爬行，並強烈主張要回歸此行走方式。他也不忘打趣人類 (與犽虎一樣) 缺少尾巴一事：「我們仍不知道是什麼時候，我們生來就被剝奪了非常好用又美觀的附屬品 —— 我是指尾巴。因為有了聰明絕頂又博學多聞的北不列顛哲學家背書，我深信這原先是我們身體的一部分。在高等生物 (也就是人類) 的眼裡，失去尾巴等同失去大部分的尊嚴。如果能針對這項議題作出推論 (啊，但我們又能做出何種推論？) 我傾向認定我們所討論的此項匱乏，應是如前述的姿勢之變化而來。人類一旦以兩腳站立，尾巴即脫落；或者，在此種變化的困惑下，尾巴長到錯誤的地方，從頭上懸掛下來。」

2 敘述中提到慧駰寧對犽虎深痛惡絕，因此認為牠們不可能是原生物種。斯威夫特或許打算藉由犽虎尚未被斬草除根，批判歐洲冒險家是如何對待美洲原住民——先侵略他們的領地，再對他們進行獵殺、圈管與征伐，最後徹底將其消滅。

3 斯威夫特於此處訕笑當時的劣質詩人，尤其是他的友人與同輩——波普。斯威夫特以他淵遠流長的詩作，讓波普受到永無止盡的折磨與公眾的批評。與此同時，斯威夫特在給予寒士街 (Grub Street) 詩人的建議中，以尖酸的玩笑，批判這些詩人。斯威夫特在他其中一首最佳詩作《詩的狂想曲》中，批判所有詩人，從桂冠詩人柯利・西柏到維爾斯泰德都無一倖免。

4 我們得承認，慧駰寧的死亡觀、預備死亡的方式，以及最終面對死亡，都符合斯威夫特對他們性格的刻畫。如此冷淡、平靜的生物，對死亡不抱持任何希望或恐懼，也不抱持任何歡樂或悲傷，而是淡然處之。對其而言，死亡沒帶來任何收益，也不會帶來任何損失。亡者「回到第一位母親身邊」，遺骸化作塵土，回歸大地，但是沒有任何靈魂「回到賦予我們生命的上帝身邊」。

這幅情景還真是冷淡又悲慘啊！如果亡者與還活著的朋友都是如此心如止水，就彷彿是風平浪靜的海面，沒有任何波瀾翻攪。從人類情感來看，我們無法輕易斷定，究竟是即將死去的慧駰寧，還是活著的親友，何者較令人不適。斯威夫特很可能是取材自歌德溫主教的《月上之人》(*Man in the Moon*)，參考其對死亡場景的描述。然而至少就一點而言，月球人死亡的畫面，與慧駰寧的有所不同。永生不死與幸福快樂的希望，成為解放月球人的光，點亮死亡的場景，為之賦予生命。

讓我們拿來與斯威夫特的描述做比較。「當自然賦予他們的時間用完時，他們將毫無痛苦地離開人世，或是像蠟燭燒盡，燭光湮滅般地死去。我曾送他們一員離去，而我很訝異於看到儘管他過著幸福的生活，並有眾多要拋下的親友。不過當他體認死亡即將到來，便準備大餐，邀請所有重視的人，叮嚀他們要跟他一起開心度日，因為時辰快到了，他該拋下人世虛假的快樂，獲得真正歡樂與完美的幸福。」

第十章
驅逐出境

〔本章記述格列佛在慧駰寧社群中的日常所需與歡樂生活，透過與慧駰寧談話，讓道德一日千里地進步；他們之間的談話；主人通知格列佛必須離境；格列佛因傷心而昏厥，但仍是接受安排。在一名僕人幫助下，格列佛完成製作一艘獨木舟，接著冒險出航。〕

我個人的一些日常生活所需都能夠被滿足。主人下令依照他們的方式，為我建造一座房屋，距離他們的宅邸約六碼。我在房屋四壁與地板上塗滿黏土，鋪上自己用燈心草編織而成的草席。

我捶打野生大麻做成麻布，再用犽虎毛髮製作繩索，用來捕捉各種鳥類。這些鳥的肉秀色可餐，羽毛則用來塞進麻布裡。我用刀子做出兩張椅子，栗色小馬幫我做那些較為粗重的部分。衣服穿到破破爛爛時，我用兔子與「努諾」的毛皮製做衣服（努諾是種漂亮的動物，與兔子差不多大，身上覆蓋的絨毛很纖細柔軟）。我用相同的材料製作非常耐用的襪子。我用砍下來的木頭做成鞋底，用皮革製作鞋面，當皮革磨損時，就更換成經過曝曬的犽虎皮。我常常在樹洞裡採集蜂蜜，加到水中攪拌後再喝，或是配麵包一起吃。

沒有人比我更能體現以下兩句格言：「生性很容易滿足」以及「需求為發明之母」。我的身體十分健康、心靈祥和，未感受到來自朋友的一絲背叛與善變，也沒感受到敵人光明正大的攻擊或是暗箭傷人。不須行賄、阿諛奉承、逢迎諂媚來贏取任何大人物或其親信的歡心。我不需要提防任何人的虛情假意或壓迫，也不需要擔憂

我用刀子做出兩張椅子，栗色小馬也來幫忙

醫生摧殘我的身體，沒有律師害我傾家蕩產，我的一舉一動與一言一行都不會被線民監控，也不會有人羅織不利於我的謊言。這裡沒有嘲諷者、非難者、中傷者、扒手、路上搶匪、闖空門小偷、神棍、老鴇、小丑、賭徒、政客、機巧者、壞脾氣者、三姑六婆、好辯者、掠奪者、殺人犯、強盜、音樂家；沒有任何黨派領袖或追隨者；沒有以言語或行動來煽動犯罪的人；沒有地牢、斧頭、絞刑架、鞭刑柱、枷鎖；沒有不肖老闆或工匠；沒有傲慢、虛榮或矯揉造作；沒有紈褲子弟、惡霸、醉鬼、路上徘徊的妓女、性病患者；沒有大吵大鬧、荒淫無道、揮霍浪費的妻子；沒有愚蠢、傲慢的兩腳書櫥，沒有糾纏不休、盛氣凌人、吵鬧不已、胸無點墨、自以為是、愛破口大罵的同伴；沒有惡人因其罪惡而平步青雲；沒有潔身自持者因其美德而被貶謫廢黜；沒有領主、小提琴家、法官或者長袖善舞的牆頭草[1]。

承蒙主人的恩准，我才有幸能參見那些來拜訪或與主人用餐的慧駰寧，並能待在房裡，聆聽他們的對話。主人與他的同伴常常不恥下問，尋求我的解答。主人拜訪他人時，有時我能有幸一同前往。若不是為了回答問題，我從不開口說話，但一開口就後悔莫及，因為我浪費太多時間改善自己的表達方式（若是擔任謙卑的旁聽者，我非常欣然接受）。他們的言談言簡意賅，每句話都十分受用。我之前已經提過，這些對話非常符合禮儀，但沒有半點的繁文縟節，聽者歡，講者喜，沒有人插嘴、囉哩八唆、激動或是起爭議。他們認為見面時，短暫的沉寂對整體交談有很大的助益。我覺得這句話很貼切，因為在這些簡短的對談中，會不斷產生新的想法，為言談添彩。

他們的對話主題通常是友誼與慈悲、秩序與日常所需；有時候是大自然中淺顯可見的現象或是悠久的傳統、美德的範疇與極限、理性絕對的準則，或者一些下次大會中需要決定的議題，而且通常是詩歌的各種優點。我能毫無心虛地講說，有我在場，時常能為他們提供談話的主題，這樣主人就有機會讓朋友進入我與我國的歷史，他們也很樂於多加評論，不過評論方式對我們人類不是很有利，因此就不重複他們談話的內容。我只是希望讀者能允許我指出，主人對犽虎本性理解得比我自己深入不少，讓我十分敬佩。他一一列舉我們的罪惡與愚蠢，還發現許多我從未向他提及過的。他只是推測，若他們國家境內的犽虎獲得一丁點的理性，就有可能帶來可怕的浩劫，並言之鑿鑿地下了結論：「這生物絕對是如此的邪惡與不幸。」

我坦承自己所擁有的些許寶貴知識，都是來自於主人的教誨與聽他跟朋友的交談，比起聽歐洲那些最偉大、最具智慧的會議，聽到這些談話更讓我覺得驕傲。我崇尚這國家國民的力量、美麗與速度，如此不凡的生物身上聚集了這麼多的美德，讓我在心中肅然起敬。起初我確實感受不到犽虎與其他動物對他們的那種自然而然的敬畏之心，然而這份敬畏在我心中醞釀，成長茁壯得比我預期更加快速，並雜揉敬愛與感謝之意，因為他們願意不恥下問，讓我有別於我的同類。

每次想到我的家人、朋友、國人或者全人類時，便覺得他們外型與本質上都是貨真價實的犽虎，或許較為文明，甚至具備語言能力，卻沒有用在正途上，只是強化與徒增那些罪惡；而在這國家的那些弟兄們，只有天性使然的罪惡[2]。有時候我在湖水或泉水中看見自己的倒影，覺得面目可憎，於是撇過頭去。我寧可忍受一般犽虎的外貌，也不願忍受自己這般模樣。透過與慧駰寧對談，讓我崇尚他們，於是開始模仿他們走路的方式與姿勢，現在也養成習慣了，朋友們坦白地說我跑得像馬一樣，而我將這當作讚美。我不會否認，每次讓他們聽到我用慧駰寧的方式說話，並藉此嘲笑我時，我絲毫不覺得自己受到羞辱。

我沉浸在這種喜悅之中，自認為能就此安頓下來，度過餘生。有天早上，主人召喚我，稍微比平常早。我觀察到他臉色中透露出茫然，不知道如何啟齒。片刻的沉默過後，他告訴我不知道我能不能承受接下來他將告訴我的事。上次全國代表大會中，提到了該如何處置犽虎，代表們都不滿他在家中養一隻比起野獸，更像是一位慧駰寧的犽虎（就是我）。他們得知主人時常與我交談，好像能從我的陪伴中得到什麼好處或歡樂。這件事情對於理性或他們的天性來說，都是天理不容的，因此大會給他兩個選擇，要他恪守執行，應該對待我就像對待其他犽虎同類一樣，或是命令我游回自己的原生之地。所有在主人家中，或是親眼見過我的慧駰寧都極力反對第一對策。他們說我具備些許的理性，又有著那物種惡劣的本性，因此他們害怕我會誘導其他犽虎隱遁於這國家的山林之中，在夜幕中率領牠們成群結隊，前來殺害慧駰寧的牛隻，因為牠們生性貪得無厭，不愛勞動。

主人接著說，他每天都受到鄰近的慧駰寧施壓，規

我崇尚他們，於是開始模仿他們走路的方式與姿勢

勸他要執行大會的決定，因此再也無法再拖延下去。他怕我游不到其他國家，於是希望我能打造出某種類似我向他講過的交通工具，讓我能航海，而他家與鄰居家中的僕人會幫我的忙。他最後提到，自己其實很樂於讓我留下來，一輩子服侍他，因為他發現到，在我低賤的天性所允許的範圍中，努力靠著模仿慧駰寧，已經導正一些不良習性與性情。

我得在此向讀者指出，這國家全國代表大會的裁決令所用的詞彙為「慧羅亞恩」，經過我盡力詮釋後，認為它代表「規勸」。他們無法理解，除了給予忠告或者「規勸」，理性生物要如何能「受到強迫」，沒有人能在違反理性的同時，依然宣稱自己是理性生物。

聽完主人的一席話，我頓時如同遭五雷轟頂一般，剎那間感到極度的悲痛與絕望。我承受不了如此打擊，在他腳邊昏了過去。當我醒來後，主人告訴我，他以為我已經死了（因為這些人不為天性的愚痴所制）。我微弱地回答他，若我死了，那還真是開心。儘管我不能責怪大會的決議，或者他朋友催促再三，不過以我糟糕又拙劣的標準來看，如果這些要求不要太過嚴苛，仍可說具備理性。我無法游到一里格的距離，而距離他們這裡最接近的陸地可能至少一百里格，因此要打造交通工具，才能讓我離開這裡，然而這國家缺乏許多必要的材料。

不過為了表達對主人的服從與感謝，我會嘗試去做，雖然我認為這是無稽之談，因此內心早有準備，自己會粉身碎骨。知道自己注定死於非命，已經算是不幸中的大幸；若我能遇上千載難逢的奇遇而得以倖存，但一想到必須與犽虎一起過日子，而沒有楷模來引導我、讓我能繼續走在美德的道路上，害我故態復萌，內心又如何能平靜？我很清楚，明智的慧駰寧所有決定都是依據強大的理性，不會被我這種可悲的犽虎影響，因此，我真摯地向主人致意，感謝他願意提供僕人協助我造船，請他給我合理的時間來完成這項艱鉅的工程。隨後，我告訴他：我肯定會努力苟延殘喘下去，若我有機會回到英格蘭，一定會大力頌揚傑出的慧駰寧，推廣他們的美德，讓人類效法，希冀能造福我的同類[3]。

主人以簡短數字，親切地回覆我，給我兩個月的時間建好船隻，並命令我的僕人同僚栗色小馬（現在已相隔遙遠，我能如此稱呼他），依照我的指示提供協助，因為我告訴主人，有了他的協助就足夠了，而我也知道，他對我非常溫柔。

在他的陪伴下，首先做的事情，就是回到我被叛變船員遺棄的海岸。我爬上一塊高地，朝著四處的海面眺望，看到東北方好像有座小島。我取出我的小望遠鏡，清楚看到那座島，經我估算距離約五里格外，不過在栗色小馬眼中那就只是一片藍色的雲朵，這是因為他對自己以外的國家一竅不通，辨識海上遙遠的物體時，無法與我們這些專家相提並論。發現這座島後，我下定決心，不再猶豫。若是可以，那裡將是我被放逐後第一個前往的地方，剩下的就交由命運決定。

回到家後，我和栗色小馬商討，之後到了一段距離外的矮林中，我用刀子、他用他們拙劣地綁在木頭上的尖銳碎石，砍下幾根橡樹枝，大約和手杖一樣粗，也砍了一些更大塊的木頭。不過我就不贅述自己造船的方式來煩擾讀者了。我就這麼說吧，有了栗色小馬的幫助（他負責大部分的粗工），我在六週內打造出印地安人的獨木舟，但是體型大上不少，並覆蓋上以自製細麻繩密密縫起的犽虎皮。我的船帆同樣是由犽虎皮製作而成，不過用上的是張羅到最年輕的犽虎皮，因為上了年紀的犽虎皮膚又硬又厚。我還幫自己準備了四支船槳，並存放一批煮過的兔肉與鳥肉，並帶上兩個容器，第一個裝牛奶，第二個裝水。

我在主人家附近的大水塘測試我的獨木舟，改善缺點，並用犽虎萃取出的油脂來堵住所有縫隙，測試到沒有漏水，才能放入我的物品。獨木舟快準備就緒時，在栗色小馬與另一名僕人指揮下，我將獨木舟放在車上，讓犽虎慢慢地拉到海邊。

一切準備就緒，離別的日子到了。我向主人夫婦與他們全家珍重道別，雙眼淚水直流，內心因哀傷變得沉重，不過或許主人出於好奇，以及部分出自善意（我無意往臉上貼金），決定看我搭上獨木舟，並找來幾位附近的朋友作伴。因為潮汐的關係，我得再等上一個多小時，之後我幸運地發現到風正吹向我想前往的島嶼，於是再次跟主人道別。正當我要低頭親吻他的蹄致意時，他居然為我將蹄抬到我嘴前，讓我與有榮焉。對於提到這最後的細節，曾招來多多少少的斥責，我也不是一無所知。如此尊貴的人，居然紆尊降貴，禮遇我這樣的低等生物，那些黨同伐異者樂於將此不當之事作為把柄。我也沒有忘卻，某些旅行家喜歡誇耀自己所獲頒的殊榮。不過這些指責者若能更瞭解慧駰寧那高貴有禮的性格，很快就會改變想法。

他居然為了我，將蹄抬到我嘴前，讓我與有榮焉

我向陪伴主人一起前來的其他慧駰寧致敬，接著乘上獨木舟，將船推離海岸邊。

註解

[1] 此處列舉的邪惡之人讓格列佛慶幸自己身處慧馬國，不用見到這些惡劣的特質。不過這句話最重要的，就是文明生活帶來的罪惡與缺陷，不會出現在自然的狀態下。但這種自然狀態也不會因此就受到歡迎。我們不該忘記，文明必然有其惡劣之處，但也伴隨舒適與幸福，讓人性昇華。如同我們不能將所有燈光打在一幅圖畫上，並斷言此畫即為夏景；作者也可能以偏概全，忘卻身處文明社群時的所有優點，只呈現缺點給我們讀者。這種將慧駰寧置於人類之上的方式，與崇尚原始人的生活方式勝過文明生活同樣不公平。

坎寧寫道：「然而剝去詩情畫意的外在修飾後，我們就會發現，自然的狀態根本不是如此純樸。若是以更加準確的方式進行檢驗，我們應該能感受到，文明並非殘害人類的美德，實際上反而琢磨品德，展現出一個人具備天分，足以獲取優勢，並使獸性與人性具有顯著差異。」

[2] 這樣的情緒明顯非常不公正。批判人類沒有善加利用理性，反而強化與增加生性的惡，就是將理性本身抽出人類行為的脈絡而加以批判。確實，如果沒有理性，就不會有罪；

然而壓抑我們對社會的叛逆，與克制我們天生的激情、審查我們悖德的行為，同樣「不自然」。

3 格列佛聽到自己被放逐出慧駰寧社群而昏厥過去，並再一次被宣判將與自己深痛惡絕的同類一同生活，不過他也打算向同胞推廣慧駰寧的美德，提供他們效法。格斯威夫特寫《慧馬國遊記》時，無時無刻不痛苦地抱持的尖酸刻薄又憤世嫉俗的心，而寫到此處時，更是達到最高點。關於人類猙虎的言論，呈現出不斷墮落的人性。不過我們必須坦承，斯威夫特在這篇寓言中，維持一致的設定，如同他向波普所說的話：「惹火世人而不是取悅他們。」

第十一章
歸鄉

〔格列佛險象環生的航行，並抵達新荷蘭，希望能在該處定居。格列佛遭到土著射傷，被抓住並強勢帶上葡萄牙船隻。船長對格列佛很禮遇，最後格列佛抵達英格蘭。〕

我在一七一四／一七一五年二月十五早上九點，開始這趟絕望的航行。當時大順風，不過一開始我只用槳划船，後來考量到這樣航行很快就會筋疲力盡，風向也可能突然改變。於是大膽地放下小帆，借助潮汐的力量，經過我盡力估算，每小時航行一點五里格。主人與朋友們站在岸上，等到我完全從他們眼中消失，我的耳朵不時聽見那向來疼愛我的栗色小馬喊道：「昏伊・伊拉・尼哈・媽甲・犽虎。」意即為：「自己保重了，溫柔的犽虎。」

我計畫只要有機會找到一座資源豐沛的無人島，就靠著勞力，在島上自給自足，這樣的生活比起歐洲最高雅宮廷裡的首相還要幸福。一想到要回到犽虎社會生活，被犽虎統治，不禁讓我感到恐懼害怕。我想要孤身一人生活，至少能擁有自己的思想，並快樂地回味那些無可比擬的慧駰寧的美德，不會有絲毫機會淪落到犽虎的罪惡與腐化的影響之中。

讀者可能記得我之前說過，水手謀反並將我監禁在自己的船艙長達數週的事情，因此我對我們的航線渾然不知。大艇送我登陸時，船員們發誓不知道身處世界哪個角落，我也不知道是真是假。我當時相信我們位於好望角南方十度左右，也就是大約南緯四十五度時，這是我從船員大致的言語，推斷他們想前往馬達加斯加的東南邊。儘管只比胡亂猜測好一點，我決定航向東方，希望能抵達新荷蘭的西南側海岸，也許我理想的島嶼就在那裡的西邊。風向正西，晚上六點時，我估計已經向東方航行至少十八里格，此時見到半里格外有座島，不久後就抵達了。然而這裡只不過是有小港灣的岩石，被暴風雨吹打而形成天然拱形。我將獨木舟停靠在此，爬上岩石一處，這時能清楚看到東邊的陸地，從南向北延伸。我在獨木舟裡躺了一整晚，清晨時再度啟航，七小時內抵達新荷蘭的東南角。這驗證我長久以來的想法，這國家在地圖與海圖上被移向東方至少三度。多年前，我就跟受人尊敬的友人赫爾曼先生提到過這想法，並向他解釋，不過他仍是選擇接受其他權威的說法。

登陸處並未看見任何居民。因為手無寸鐵，我不敢冒險深入這個地區。我在岸上找到一些貝類，但因為怕被土著發現，所以不敢起火，只能吃生食。接連三天，我都以生蠔與帽貝為食，讓我能節省口糧。我幸運地發現水質優良的小溪，讓我大感寬慰。

到了第四天，我稍微深入探險，發現有二、三十名土著離我不超過五百碼，從升起的煙來判斷，這些男女老幼都全身一絲不掛，圍繞在火邊。其中一位發現我，通報給其他人，這時有五個人離開待在火旁的婦孺，朝我過來。我急忙跑向海岸邊，爬進獨木舟，推離岸邊。蠻族看到我落荒而逃，便在後方追逐，在我逃入海洋，遠走高飛前，拿箭射傷了我的左膝內側，這道傷痕大概會伴隨我進入墳墓中。我怕箭上有毒，努力划出射程外後（當天風平浪靜），就想辦法吸吮這道傷口，並盡力包紮。

我不知所措，不敢回到原本登陸的地方，於是向北方前進。當時雖然有微風吹拂，卻是西北風，和我的方向不符，因此只能划船前進。此時見到北北東方有艘帆船，每分鐘都變得更加清晰可見，我心中躊躇，是否該等待那船隻，最終，我對犽虎的厭惡佔上風，於是掉頭就走。我帆槳並用，划向南方，駛入早上出發的同一條小溪。我寧願讓自己落入這些野蠻人手中，也不願與歐洲犽虎一同生活。我盡可能將獨木舟拉上岸，讓自己躲在那條水質優渥小溪旁的石頭後面。

那艘船已經距離小溪不到半里格，並派出大艇帶上容器，登島取得淡水（此處似乎以此清澈水源得名）。然而，直到大艇快要靠岸時，我才終於察覺到，這時要尋找新的藏身處已經為時已晚。水手們登陸時，就發現到我的獨木舟，裡外都搜查過一遍，很輕易地推斷出主人尚未跑遠。其中四名全副武裝的水手搜查所有的岩縫與可以藏身的洞穴，最後發現我趴在岩石後方。他們神情訝異，盯著我怪異、粗鄙的衣物一陣子。他們並根據我身上的皮製大衣、木底鞋和毛皮襪，判斷我不是這裡的土著，因為土著通常都一絲不掛。

其中一名水手以葡萄牙語叫我站起來，問我是誰。我熟知這語言，站起雙腿說道：「我只是一隻可憐的犽虎，被慧駰寧放逐，請你們大發慈悲放我離開。」他們聽到我用他們的語言回答，感到大為吃驚，然後看了我的長相，判斷我一定是歐洲人，但對於我所說的「犽虎」或「慧駰寧」仍是一頭霧水，同時他們聽到我的怪腔怪調，就像馬一樣，忍不住放聲大笑。這段時間，我不斷在恐懼與憎恨間徘徊，全身不斷發抖，我再次懇求他們放我離開，並緩緩走向獨木舟，不過他們抓住我，想詢問我是哪國人、從哪裡來的，還有許多其他問題。我告訴他們自己出生於英格蘭，大概是五年前出發的，當時兩國關係和平。我對他們沒有惡意，希望他們不要把我當敵人看待，我只是個可憐犽虎，想找個荒郊野外度過悲慘的餘生。

他們開始講話時，讓我覺得自己從沒聽過或看過如此不自然的事情，在我看來，就像是英格蘭狗、牛或者

其中一名水手以葡萄牙語叫我站起來，問我是誰

慧馬國的犽虎會開口說話一樣詭異。那些老實的葡萄牙人看到我的怪異衣物與奇特的說話方式，也同感驚訝，不過他們清楚理解我的意思。他們非常好心地與我談話，告訴我船長一定願意無償載我回里斯本，屆時就可以從那裡回到自己的國家。他們還說要派兩位水手回到船上，報告船長他們的所見所聞，並得到船長的指示；同時他們要我鄭重發誓不會逃跑，不然就算是動用武力，也要把我帶回去。我想最好還是服從他們的提議。他們好奇地想得知我的故事，但我沒能滿足他們，他們全都認為是我的不幸經歷，使我理智不清。不到兩小時，原本載滿水罐的大艇返回岸上，並遵照船長命令，要帶我上船。我的雙膝跪在地上，請求他們讓我維持自由之身，不過都是徒勞無功。他們用繩索將我綁起，拖上大艇，帶回大船上，將我帶進船長的艙房[1]。

船長叫做佩得羅・德・門德斯，是個彬彬有禮、慷慨大方的人。他懇請我談論一下自己的事情，想知道我想吃些什麼，喝些什麼，並告訴我會視如己出，還說了不少體貼的話語。竟然能從一隻犽虎身上發現這些禮儀，讓我大為訝異。不過我依舊保持沉默、抑鬱寡歡。聞到他與手下的氣味讓我快昏過去。最後我要求讓我從獨木舟上拿東西來吃，不過他叫人為我準備一隻雞，與一些美酒，接著命人將我帶到非常潔淨的艙房休息。我不願意脫下衣服，就單純躺在床單上，不到半小時就偷溜出去，心想這時水手正在用餐。我走到船邊，想一躍而下，跳海游泳逃生，不想繼續與犽虎為伍，然而有一名水手阻止我，向船長報告，之後就把我栓在艙房裡。

用完餐後，佩德羅先生來探望我，想知道為什麼我會如此奮不顧身地想逃走，並向我保證自己只是想全力幫助我，語氣非常動人，讓我終於卸下心防，視他為稍有理性的動物。我向他簡述我的航行：部下密謀變節，並將我丟到岸上的那個國度，之後在那居住五年。這一切種種在他看來，就像南柯一夢或天馬行空，讓我非常不悅，我早已忘卻如何說謊，然而撒謊卻是所有國家的犽虎特有的本領，而且屢見不鮮，導致他們喜歡質疑其他同類所說的實話。我問他：他的國人是否習慣「所言不實」？我向他保證，自己都快忘掉他所說的「虛假」是什麼意思，即使我在慧馬國待上千年時間，也絕不會從最低下的僕人口中聽到半句謊話。我全然不在乎他是否相信我所說的，不過為了回報他提供的協助，我願意寬恕他天性中的缺陷，回答他任何他可能提出的質疑，讓他能非常輕易地察覺真相。

船長是位有智慧的人，試圖抓出我故事中的破綻很多次，卻是徒勞，最後開始較為相信我是誠實的人。不過他也說，既然我宣稱奉真理為圭臬，不得有絲毫違背，就必須用言語以及榮譽來向他擔保，本次航行期間會與他作伴，不會試圖自殺，要不然在抵達里斯本前，他就要繼續關我禁閉。我向他承諾，不過同時間也向他抗議，寧可經歷最可怕的痛苦，也不願回去和犽虎一起生活。

航行過程中未遇上任何值得記載的事件。為了向船長答謝，有時我會在他的懇求下，與他坐在一起，努力掩飾自己對人類的厭惡，雖然還是常常爆發，不過他都視而不見。一天大部分的時間裡，我都將自己鎖在房間，避免見到任何船員。船長常常懇請我脫下身上如此野蠻的衣物，並將他最高級的衣物借給我，不過我並未接受，因為我厭惡在身上覆蓋任何曾經穿在犽虎身上的東西。我只向他借兩件乾淨的襯衫，因為穿襯衫後，我都會洗乾淨，因此相信它們不太會汙染我。我每兩天更衣一次，並親手洗滌。

一七一五年十一月五日，我們抵達里斯本，船長強迫我用他的大衣覆蓋住自己，以免引來群眾將我團團包圍。我被送至船長家中，在我最誠懇的請求下，他帶我爬上屋子裡最高、最偏遠的房間。我告誡他，任何我向他說過有關慧駰寧的事情，千萬不能向任何人透漏，因為即使是故事中最細微的暗示，都會引來大量的人來看我，甚至讓我陷入危險，可能被宗教裁判所迫害，押入大牢或判處火刑。船長說服我接受一套剛做好的衣服，但我無法忍受裁縫師丈量我的身材，而佩德羅先生身型與我相仿，因此這些衣服非常貼合我。他幫我準備其他必需品，都是全新的，不過使用前我還是會先晾二十四小時。

船長並未娶妻，家中僕人不超過三位，用餐時，我不准他們在我身旁服侍。他的一言一行都很體貼，又十分善解人意，於是我開始能真正忍受他的陪伴。他深受我的信任，因此我能放膽從後方的窗戶向外看。漸漸地，我被帶往另一個房間，看到街道時，卻讓我嚇得趕緊將頭收回。不到一周的時間，他將我誘導至大門。我發現自己的恐懼減少了，但是似乎多了憎恨與藐視[2]。最終我有膽量，能在他的陪伴下走上街道，不過鼻孔裡仍塞滿香草或菸草。

我曾向佩德羅先生提過自己家裡的事，他基於榮譽及良知，不到十天便告訴我應該回去自己的國家，與妻子、兒女團聚。他還告訴我，港口裡剛好有一艘船，正準備啟航前往英格蘭，他能提供我所需的一切。這裡就不再贅述，重複他的理論與我的反對意見。他說根本不可能找到我想定居的那種孤島，不過我能在自己家中做主，只要我喜歡，就能過我想要的隱士生活

我發現找不到更好的辦法，最終答應了。十一月二十四日，我搭上英國商船，離開里斯本，不過從來沒過問誰是船長。佩德羅先生陪我上船，借我二十英鎊，向我珍重道別，離別時擁抱我，我則使是盡量忍受。最後的這段航行中，我完全沒有與船長、船員往來，只是假稱身體不適，將自己關在艙房中[3]。一七一五年十二月五日約上午九點，我們在唐斯下錨。下午三點，我安全抵達位於雷德瑞夫的家中。

妻子與家人帶著驚喜之情迎接我，因為他們以為我已經死了，但我也必須坦承，看見他們時，心中只有怨

恨、厭惡、蔑視，當我想起自己曾經與他們是多麼的親密時，就更加深我的厭惡。儘管我不幸被慧馬國放逐後，已經強迫自己忍受犽虎的樣貌，並且和佩德羅先生談話，我的記憶與思想仍是充盈高貴慧駰寧的美德與理念[4]。而當我想起自己曾與一隻犽虎交合，甚至當上許多犽虎的父親，世界上最極致的羞恥、困惑與恐懼感全都襲上心頭。

當我踏進家門，妻子便伸出雙臂擁抱我，親吻我，然而多年來我從未被那種可恨的動物摸過，因此直接昏了過去，長達一小時。現在寫作時，我已經返回英格蘭五年。第一年，我無法忍受妻子與兒女出現在我眼前，也無法忍受他們的氣味，更無法忍受他們與我在同個房間用餐。直到此時此刻，他們仍不敢擅自妄動我的麵包，或是用同個杯子喝水，我也無法忍受與他們牽手。我所花的第一筆開銷就是買兩匹年輕，且尚未閹割的雄馬，將他們養在上等的馬廄裡。除了馬匹之外，我最喜愛馬夫，他身上沾染的馬廄味，讓我的精神為之振奮。我的馬非常瞭解我，我每天都會花至少四小時與他們交談。我從未將他們上轡頭、馬鞍，它們也與我相處極為融洽，視彼此為朋友。

註解

[1] 如同之前在小人國與大人國居住時，格列佛已經適應這些身形與他大為不同之人的標準，離開許久後仍是無法改變他先前對大小的錯誤概念，此處也是如此。他貶低人類智力與道德標準，憎恨與鄙視同類，並在腦中將人類視為可惡、不理性與惡質的犽虎。這股怨念如此強烈，使他一想到要回去人類社群過活，就無法忍受。他最真摯的希望為尋找與世隔絕之處，不再遇上任何同類；因此，若他一定得強迫自己身處人類之中，他寧可與蠻人相伴，也不願意回到文明世界。

我們也記得，格列佛待在其他國家時，總是希望能逃出生天，珍惜任何回到家人與母國的機會；但他被迫離開慧馬國時，卻是哀痛欲絕。當葡萄牙水手強勢拯救他時，他卻懇求對方放他離開，水手得威脅動用武力制服，他才不敢試圖逃離。最終水手還得用繩索將格列佛綁起、帶到船上，並軟禁在船長的艙房。這全都符合格列佛一直以來呈現出的性格——是一名兼具純樸、精明，生性真誠且非常容易感動的人。格列佛緊抓著這個幻想——幾乎全是錯覺。這件事非常有趣，也耐人尋味，讓整段敘述顯得栩栩如生。

[2] 在先前的旅程中，隨著格列佛出海所造就的錯覺散去，對同類的認知也隨之回歸。然而斯威夫特這次卻安排，格列佛從慧馬國回歸時，表現有所不同。斯威夫特有意表示，即使格列佛看到人類所產生的恐懼漸漸消散，對人類的憎恨與鄙視卻不減反增。這種刻薄又永久的憎恨，似乎啟迪憤世嫉俗的心，卻使其靈魂更加晦暗。「但是似乎多了憎恨與藐視」這輕描淡寫的幾個字，讓我們得以一窺格列佛的心智狀況，是如此的尖酸、失望、憤恨不平，如同大主教國王激動地對德拉尼博士的宣示，斯威夫特也是「世上最不幸的人」。

反思這段敘述，確實非常憂傷與震驚，當時斯威夫特雖為全世界景仰的對象，受到政客的敬畏、文人的頌揚與學者的愛戴，但這段時間以來，他也招致「野蠻的憤怒」(Sava indignatio) 的罵名，而且深植他的腦與心中，激起他腦中憤怒，使他心生苦澀。他在給柏林伯克領主的信中寫道：「我的健康 (雖為無關緊要之事) 已經有所改善，但我還是受到頭痛與心痛所苦。」下一封信中以尖酸的文筆寫道：「你想的跟我所想的一樣，是時候該讓我跟這世界做出了斷，而不是在此死於盛怒之下，像隻中毒的老鼠躲在洞裡。」

[3] 儘管格列佛登上葡萄牙船隻時，向我們保證他已經忘

掉說謊這項本領，與歐洲犽虎對話，似乎一定程度上讓他回想起這項本領。無論如何，我們發現他從里斯本出海前往英格蘭時，並未忌諱撒謊，我們也得臆測，他可能得寸進尺，「所言不實」地裝病，把自己關在艙房內。斯威夫特安排格列佛做出如此舉動時，我們很難斷定他是不經意，或是刻意寫出故事主角開始與同類生活後，再次習染人類的罪惡。

4 我們讀完《慧馬國遊記》後，與讀完前面幾部遊記的感想大相逕庭。前面幾部遊記有許多譴責人類普遍的失敗、謬誤與罪惡的部分，也有不少敘述在譴責宮廷的腐敗、政客的錯誤政策、君王的管理不周、哲學家的朝令夕改、投機者的陰謀詭計，以及許多我們習以為常、看重之事的虛幻性。其雖使我們自慚形穢，但旨在教導與勸戒；然而我們從《慧馬國遊記》最後的寓言來看，將感受到作者已非要使我們自省與改進，而是有意嘲諷與羞辱我們。作者藉由貶低他與我們共有的天性，向人類報復。就像參孫一樣，他受到仇恨蒙蔽，樂意揮灑強大的力道，撕下遮蔽的布料，只要能拉他憎恨之人一同赴死，他很樂意死於這塊布料之下。他最後精心留在我們腦中的想法，就是他再也無法與同類一同生活，且終其一生渴望與鳥獸同群。

第十二章
母國的荒誕

〔本章描述格列佛的誠實、出版這部作品的計畫，並指責偏離真相的旅行者。格列佛表明自己寫作並沒有任何邪惡意圖，並回覆反對意見。另也提及建立殖民地的作法、頌揚母國、證實國王擁有格列佛描述的國家之主權，以及征服那些國家的困難之處。格列佛向讀者進行最後的道別、提出未來的生活方法與忠告，總結遊記。〕

所以，親愛的讀者，我已經向你們講述，我長達十六年又七個多月的旅行，其忠於歷史與真實，而不重視詞藻的修飾。本來

我也能像其他人一樣，用荒誕不經的故事來讓你們驚艷，不過我寧可願選用最樸實無華的方式與風格，陳述最平白的事實，畢竟我的目的在於告知，而不是取悅你們。

像我們這種前往那些英國或是歐洲人鮮少拜訪的遙遠國度之人，能輕易地描述海洋或陸地的珍禽異獸。然而旅行家的主要目的應該是讓人有更多的智慧、更善良。藉由描寫異域無論好壞的案例，來改善人們的思想。

我由衷希望政府能頒布一項法令，所有的旅行家獲准出版他們的遊記前，都需要在大法官面前發誓，他打算印刷的著作全然忠於他的所見所聞。如此一來，世人們就不會再像以往一樣受騙，因為有部分作家為了增加作品的銷售量，就會在心生厭倦的讀者身上，加諸彌天大謊[1]。我年輕時曾經詳細翻閱過幾本遊記，從中得到樂趣；然而我在遊歷世界的各個角落後，已經能透過自己的觀察，駁斥許多華而不實的描述。既然有熟人認為拙作在國內並非全然無法接受，我就遵照自我要求的原則：「恪守真理，絕不偏頗。」長久以來，我有幸能謙卑地聆聽主人與其他卓越慧駰寧的教誨，只要心中懷有他們的言教與身教，就不會受到誘惑而偏離真相。

「儘管殘忍的命運之神讓辛農遭逢不幸，

卻從未能讓他言不由衷，誑語欺人。」

有些作品不用天份、學問或者其他才能，只需要良好的記憶與忠實的紀錄，不過我很清楚，這種作品無法讓我聲名大噪。我也知曉，遊記作者就和字典的編者一樣，會埋沒在前仆後繼寫出的後世作品之下，因此沒沒無聞。那些將要造訪我作品中描述的國度的旅人，非常有可能發現我有錯誤之處（若真的有任何錯誤的話），加上他們做出許多新發現，因此將我排除在流行之外，並取而代之，讓世人忘卻我曾是一名作家。如果我是為了沽名釣譽而寫作，這確實是奇恥大辱，不過我是一心為了公眾福祉寫作，因此不會完全感到失望。若讀者在讀到我筆下光榮的慧駰寧後，還能自認為是這國家中，具備理性的主宰動物，難道不會為自己的罪惡感到可恥？我或許不該對犽虎所管理的遙遠國度發表議論，不過其中最不受到腐化的就是大人國的國民，若能恪守他們明智的道德與管理準則，我們就能幸福過活。不過我不多談，讓聰明的讀者自己評價與應用。

若我的作品沒遭人批判，那我會很高興。我只是述說發生於遙遠國度的平凡事實，況且這些國家與我們沒有任何商貿往來，也沒有一點利益關係，對於這樣的作家又有麼能反對的？我小心翼翼地迴避一般遊記作者那些常常被人詬病的錯誤，再者，我不屬於任何黨派，因此針對任何人或者團體寫作都不帶有一絲狂熱、偏見、或者惡意。我寫作是為了崇高的目的，要告知與教育人類。長時間以來，我都與最為卓越的慧駰寧談話，從中受益良多，因此我不會違反謙卑的原則，自認為鶴立雞群。我也不是為了名利寫作。我從不讓半個字看起來像是影射或批判，即使那些易受觸怒之人，也不覺得受到冒犯。因此，我希望能公正地自稱為完全沒有犯錯的作家，任何反駁者、衡量者、觀察者、指責者、檢閱者或評論者絕對找不到任何可借題發揮的空間。

我承認曾有人暗中告訴我，身為英格蘭人，回國時就有責任將外交備忘錄遞交國務卿，因為任何臣民所發現的土地，都歸屬英國國王所有。不過這點讓我存疑，若是想征服我所講述的那些國度，會不會像斐迪南多・科爾特斯征服赤裸裸的美洲人那樣輕而易舉。我想小人國不須我們勞師動眾，派出大軍與艦隊前往征服；至於征服大人國，我懷疑是否夠謹慎與安全；我也懷疑英軍看到頭頂有座飛行島，是否能感到安然自在？慧馬國確實似乎不是很擅長戰爭，他們對戰爭可說是一竅不通，特別是對抗大型武器。然而，在我要呈報給國務卿時，絕對不會獻策侵略他們。他們的謹慎、團結、無畏與愛國情操，就足以彌補所有軍事上的缺陷。想像一下，有兩萬名慧駰寧衝鋒陷陣，深入歐洲軍隊中，以強而有力的後腿踢擊，打亂陣型，推倒車輛，將士兵的臉打得乾癟，非常符合奧古斯都所被賦予的特性：「四周都受到保護。」比起去征服那崇高的國家，我反而期盼慧馬國能夠（甚至願意）派遣充足的居民，來教育我們有關榮耀、正義、真理、節制、公益、堅毅、貞操、友誼、仁慈與忠實的最基本原則。這些美德依然存在於我們大多數的語言中，也出現在古今中外的作家身上，而我是從自己微不足道的閱讀經驗中，肯定這件事的。

不過我對利用自己的發現，幫助國王開疆拓土一事，並不是很熱衷，其實這另有原因。說實話，君王們身處那些情況下是否能公正地分配權益，讓我有些存疑。舉例來說，海盜們被暴風雨吹到不知道身處何方，而站上中桅眺望的人終於發現土地。他們隨後跑上岸去燒殺擄掠，並遇上無害的民族，受到好心的招待。然而，他們幫這國度取了新名字，替國王正式佔領這片土地，樹立起腐爛的厚木板或石頭當作紀念，又殘殺二、三十名土著，強勢帶走多數人作為樣本。返回母國後，則得到政府赦免。之後依據君權神授的原則，國王獲得一片新的領土，便博得先機派出船艦，殺害土著或將他們逐出家園，又折磨他們的君王，逼他們交出黃金。這些海盜獲得准許後，便從事慘無人道、貪得無厭的行徑。最後使當地人血流成河、屍橫遍野，而這片土地則惡臭撲鼻。這群惡劣至極的屠夫自認在進行如此神聖的遠征，自認是被送去現代的殖民地，以開化信奉偶像的蠻族，甚至要轉化他們的宗教信仰[2]！

但我就直言不諱，保證這段敘述絕對不會動搖到不列顛作為世界楷模的身分。他們為殖民地樹立的智慧、關懷與公義；為了促進宗教與學術思想而慷慨資助；選拔虔誠有能力的牧師宣揚基督教；小心翼翼地從母國帶來生活嚴肅、謹言慎行的人，投入這些地區，嚴格執行

他們幫這國度取了新名字，替國王正式佔領這片土地

正義，提供最具執行力與德行的官員；更特別派遣最兢兢業業、最出類拔萃的總督，只著眼於轄地人民的幸福快樂，與國王的榮耀。

然而我所描述的這些國家似乎不想被征服、奴役、殺害或者是被殖民者逐出；也沒有蘊藏豐富的黃金、白銀、糖或菸草，因此依我拙見，這些國度絕對不會是我們投入熱忱、勇猛或興趣的目標。不過若是相關人等有異議，依據法規傳喚，我隨時隨地都能發誓作證，在我之前沒有任何歐洲人造訪過這些國度。我想說，若真的有，依照當地居民所信，可能就是傳聞多年前出現在慧馬國某座山上的那兩頭犽虎。不過以君王之名進行正式佔領，我可是想都沒想過；即使有，以我當下的情況，為了謹慎行事與自保，應該會等待更好的時機。

這可能是我身為旅行家唯一抱持的反對意見，讓我在此作回應，向謙虛有禮的讀者做最後的道別，回到我位於雷德瑞夫的小花園，享受自己的沉思，實踐我從慧馬國學習到的美德；而不管我這些犽虎家人能學多少，我也都會傾囊相授。我常常看著鏡子中自己，想讓自己盡可能慢慢習慣人類的樣子，哀嘆慧駰寧在自己國家中受到的殘忍待遇。不過看在我高貴的主人、他的家人朋友，以及整個種族的份上，我總會對他們以禮相待，儘管我國的慧駰寧有幸具備與主人相同的外觀，然而其智力卻退化了。

上週開始，我允許妻子坐在長桌的另一端與我一起用餐，並以最簡潔的方式回答我問的一些問題。不過犽虎味依舊刺鼻，因此我的鼻子總是得塞入香草、薰衣草或是煙草葉。儘管隨著年齡增長，積習更加難改，不過我不全然絕望，或許一段時間後，就能容忍鄰近的犽虎之陪伴，不用擔心自己會落入他們的牙下或是爪下。

如果普通犽虎只是滿足於天性的罪惡與愚蠢，跟他們和解或許不會如此困難。當我看見律師、扒手、軍人、愚人、領主、賭徒、政客、尋歡客、醫生、證人、教唆者、代書、叛徒……，都不會感到憤怒，因為這都符合他們本性。不過看見人身心靈的畸形與病態、夜郎自大，就會立刻使我耐心全失，而我也無法理解這動物是如何與罪惡結合的[3]。英明又賢德的慧駰寧，具備理性生物所能具備的一切卓越優點，語言中沒有半個詞彙能用來形容罪惡，除了用來形容他們犽虎可恨的特質。因為他們不全然瞭解人性，因此無法從這些惡質中理解到人類的自傲感。人性的弊病在人類這種動物主掌的國家中，卻是表露無遺。不過我的經驗豐富，可以更清楚地看出野蠻的犽虎中所剩餘的一點人性碎屑。

不過由理性治理的慧駰寧們，不因自己的優秀而自滿；缺手缺腳者雖是何等不幸，但我或者其他聰明人也不會因為自己四肢健全而自誇。我在這議題上著墨不少，是為了不計任何手段，讓英國犽虎社會不再如此令人難以忍受。因此在此懇求沾染到一絲荒誕邪惡者，別想在我眼前出現[4]。

註解

[1] 格列佛希望所有旅行家都有義務立誓證明其敘述的真實性，之後才能出版。在此處發表這種說法，還真是饒富趣味的大放厥詞。他向這些旅行家傳達他們應得的責備，控訴他們肆意決定該呈現幾分冒險的真貌，讓「遊記」一詞淪為虛假的代稱。

[2] 這些抨擊西班牙與葡萄牙對美洲的侵略與征伐的評論，

十分公正與鏗鏘有力，讓人無法反駁。他們在美洲的所作所為，以及用不人道的方式對待原住民，都在此處以真實又強勢的文筆述及。歷史上的讀者會記得，最重要的是，他們對這些高貴又無辜之人犯下殘忍行徑的動機，雖有一部份是出於政策考量，主要仍是出於宗教狂熱，要將他們轉化成基督徒。

3 在這段格列佛對傲慢的義憤填膺中，完整表達出斯威夫特受創的心靈。他已經飽受掌權者的傲慢與漠視。由於他們無法真正體會這種痛楚，因此他們才會肆無忌憚地張揚自身的傲慢。

4 基於鏗鏘有力的推論、平鋪直敘的風格、妙筆生花的文筆、道德教育的語調，讓本章成為傑作；本章諷刺性的幽默，確實符合作者的身分，因此若要為本冊作總結，沒有比本章更適合的。

斯威夫特在評論這些寓言般的旅行畫面時，說明其讓本書問世的動機。他說：「我是為了最崇高的目的寫作，為了告知與指導人類。我主要的目的為告知，而非取悅。」我們已經努力透過本書的註解，大大呈現出這段寫作遊記的目的與本遊記彼此相符，以及他如何偶爾受到其他情緒所激發。

他忠於憤世嫉俗的情感，直到最後仍試圖貶低人類，將野獸的天性置於人性之上，這點著實可惜。而我們也已經努力描述這點，因此盡可能地想辦法為其開脫。無庸置疑地，它表達出一則道德教訓。

庫克・泰勒博士說：「本遊記描繪出在無知與毫無節制之情感的惡劣影響下，人性可能會歪變為何種面目。它也描繪感性超越理性的模樣，因此以最強的力道，闡述道德教育與宗教指導的必要性。如果我們同意這段敘述，我們就無法承認斯威夫特得出的結論具有合理性，因作者已經將自己的理性詆毀與貶低於不理性的動物之下。華特・史考特說：「這則諷刺還真是嚴苛、不公與自貶身分。絕望之人讓自己置身於作者描述的晦暗與憤世嫉俗之中，以扭曲的喜悅讚頌本書。」在這些人中，馬爾堡老公爵夫人雖然身為斯威夫特的政敵，仍對他有所崇敬。她說：「我真心誠意地希望能在這座公園裡，豢養一群斯威夫特喚作「慧駰寧」的美麗動物。我知道馬非常彬彬有禮、有各式各樣的優良談話方式、守規矩，而且從不說謊，讓他深深著迷，導致他回國後，無法忍受自己的國家。他說這種稱為犽虎的生物，跟我們同種，只是醜多了。然而他們被那些光榮的動物——馬，綁了起來，不被允許耍任何手段。我已經許久未能如此盡興地閱讀他的作品。」

我們就對《格列佛遊記》全系列發表幾句話，以總結我們的任務。先不論這部作品的謬誤之處，諸如寓言故事本身有所矛盾、經常出現的草率筆法(我們認為該修正)，以及對政敵的抨擊過於惡毒，本作仍是一部驚為天人的傑作，沒有任何遊記能與之相提並論。本作問世後，便受到大眾的愛好與敬仰。所有的影射，不論是針對個人或是政治，都能讓讀者輕易讀懂，也能讀得津津有味，證明本作確實是傑作。有鑑於現今的讀者雖已經無法知曉影射的對象，也無從品味這種諷刺，本作至今仍受讀者歡迎，閱讀的興致也沒有一絲減弱，這就是本作歷久不衰的最佳證明。